U0871450

鲍尔吉·原野作品集

草原书

鲍尔吉·原野 著

中国民族摄影艺术出版社

目 录

凹地的青草

春凌水漫过的丘陵地，冒出浅青草。春凌水为春天的洪水，带着冰碴，也带着肥黑的土。土把这片丘陵地的沙子踩在脚底下，土好像自己身上带着草籽，在无人察觉间悄悄冒出芽。凹处的草芽尤其多，长得高。草像埋伏的士兵，等待初夏冲出去和草原的大部队会合。

我在河坝上走，看远处走过来一位羊倌。羊倌肩上背半袋粮食，肋下抱一个旧电视机，几只羊跟在他身后。我弄不清他到底在干什么，是领着羊上公社开会，还是拿旧电视机换羊。

三只大羊紧跟着羊倌，脸快贴到他裤子上了。羊好像身在城里的大街上，怕走丢了。从大坝上远望，漫一层河泥的丘陵连接天际，青草像被风吹去浮土露出的绿玉。

唯一的小羊羔跟在大羊后面边走边嗅才钻出地皮的青草，似乎在检查它们到底是不是一块玉。我觉得羊羔是牧区最可爱的动物。如果让我评选人间的天使，梅花鹿算一位，蜜蜂算一位，羊羔也算一位。羊羔比狗更天真，像花朵一样安静。它的皮毛卷曲，像童年莫扎特弹钢琴时所戴的假发。

羊羔嗅一嗅青草，跑开，去嗅另一片草。

草和草有不同的气味吗？人不明白的事情其实很多。青草在羊羔的嗅觉里会不会有白糖的气息、蜜橘的气息、母羊羊水的气息？不一样。羊羔不饿，它像儿童一样寻找美，找比青草更美的花。露珠喜欢花，蜜蜂喜欢花，云用飞快的影子抚摸草原上的花。钮扣大的花在羊羔的视野里有碗那么大，花的碗质地比纸柔润，比瓷芳香。花蕊是细肢的美人高举小伞。

早春的花还没有开，草原五月才有花。花一开就收不住了，像老天爷装花的口袋漏了，洒得遍地都是。一朵花在夜里偷着又生了十朵花。五月到六月，草原每天都多出几万朵花。鲜花你追我赶，超过流水。五月是羊羔最欢愉的时节。

小羊羔干净得跟牧区的环境不协调。羊羔站在牧人屋里泥土的地面，仿佛在等人给它铺一块织着波斯图案的地毯。以羊羔的洁白，给它缝一个轿子也不为过。

大羊走远了，凹地的羊羔还在低头看，好像读到了一本童话书，写蚂蚁和蚯蚓的故事。大羊跟在羊倌后面跑，像怕羊倌把电视机送给别人。羊倌走过来，他裤脚用鞋带系着，戴一只滑稽的绒线帽子。我问：哪个村的？他回答：呼伦胡硕村。我问：扛着电视放羊啊？他答：从亲戚家搬个旧的，安到羊圈里，让羊看看电视剧。

牧区常有像他这样幽默的人。

白桦树上的诗篇

穆格敦是我在图瓦认识的猎人，他自称是诗人。他灰胡子灰眼睛，说话时眼睛看着你的一切动作，好像你是随时可以飞出笼子的小鸟儿。

穆格敦会说十分流利的蒙古话，他说是小时候背诵蒙古族史诗《江格尔》时学会的，用词文雅体面。

他住的房子是用粗大的松木横着垛成的，在中国东北，这种房子叫“木刻楞”。

他说：“你是作家，我是诗人。我们两个相会，像天上的星星走到一起握手一样让人感动。你会向我学到许多珍贵的学问。”

“是的。”我回答。

“唉！”他叹口气，“我要让你看一样东西，一首诗篇，它的题目叫《命运》。”

穆格敦从木床下面拎出一只桦树皮做的箱子，放在桌子上，刚要打开却停下来，走到窗边，指着远处一棵树说“就是它。”

“它也是诗人吗？”我问。

“你的问话很愚蠢，但我原谅你。它是一棵树，这个桦树皮包里装着它的子孙的命运。”

那是一棵白桦树，独自长在高处，周围没有其他树，地上开着粉红色的诺门汗樱花。

“回头。”他说着，打开了箱子。箱子里装满了金黄的桦树皮，上面写着字。

“每片叶子上都写上了字，是我作的诗。”

我等他说下去。

“你为什么不问后来呢？”穆格敦说。

我问他：“你在桦树叶子上写满了诗，后来呢？”

“这些诗是用岩山羊的血写上去的，一百年也不会褪色。你知道我写这些诗多不容易？”

“创作是艰难的。”

“不对，我越看你越不像个作家。创作很容易，创作诗最容易，比吃蔓越橘果实还容易。”

“后来呢？”我问。

“那时候，这些叶子还长在树上。我不能为了方便我写诗就让它们掉下来。我搬了梯子，在每一片叶子上写满了诗句，我的腿站肿了，胳膊比酸浆果还要酸。”

我仿佛看到金黄的桦树叶在枝头飞舞的场景。我问“你为什么这样做？”

穆格敦很高兴我这样问他，说古代的诗人都这样。他左手握一把干枯的树叶，右手拿出一片，念：“德行就是你把喝进嘴里的酒运到身体里的各个地方。”

他抬眼看我，“好诗。”我说。

他念：

“羚羊的气味在岩石上留下花纹。”
“野果因为前生的事情而脸红。”
“人心里的诚实，好像海边的盐。”

“都是好诗。”我说。

他瞟了我一眼，“叶子背面还有字呢，这个——‘下雪前一日，在三棵榆树的脚下，离家一公里。’这个——‘已经穿皮袄了，独贵龙山项的石缝里。’”原来，穆格敦在白桦树的每片叶子上写诗做了记号，秋天至，风把这些叶子吹走后，他走遍大地一一找回来。他在找回来的树叶的背面再写上地点和气候。

我不得不说他是一个真正的诗人。

“你为树叶找回它们的孩子，找回来后，用树叶在树干上蹭一蹭，它知道它回家了。”

“在霜降的大地上，你眼睛盯着草地，当你发现一片有字的桦树叶时，就知道那是我写的诗，是我要找的叶子。”

“有一片叶子飘进了水里，我游过去，十月份，水已经很凉了。但它不是我找的树叶，是楸树的树叶，但我也把它带上了岸。”

“最远的地方离这棵树有五公里，我不知道树叶带着我写的诗怎么会走了这么远的路。”

“可能有一些树叶被鹿吃掉了，有一些埋在雪里已经腐烂，我还在找它们。”

“你题诗的叶子一共多少片？”我问。

“989 片，我找到了 261 片。”穆格敦笑着说：“如果我在死亡之前能找到 700 片树叶，已经很不错了。”

一辈子生活在白云底下

草原静得好像时间都在打瞌睡，低头看，一朵小花微微摇摆，像与别的花对话，蚂蚱随人的脚步弹到半空。回头看，人的影子被拉出两米多长，这是早晨。躺在地皮上的老鸹草的蓝花在见到阳光之前还不肯开放。

说草原，谁都说不流畅，就像说大海，怎样才能把海说清楚呢？给每朵浪花做上记号，便于你的讲述吗？海边的人说不清海有多少朵浪花，每朵浪花长什么样。像吉尔博特说的：希腊的渔人不到海滩嬉戏。

草原于我，是一团重重叠叠的影像。想到马，马在奔跑的马群里转身，鬃毛挡住偏向一旁的头颈。想起四胡，蒙古族人的英雄故事从四胡的弓弦声中款款而出。说书的屋子有漆黑、飘着茶梗的红茶缸，旱烟的雾气缭绕着牧人一张张倾听的脸。说书人惯用嘶哑的嗓音，像上不来气，医学称为呼吸窘迫或肺不张，而他有意如此，嘈杂的琴声接上他后半截的气。我想起冰凉的洋铁皮桶里的鲜牛奶；想起天黑之后草叶散发的露水的气味；想起饮水的羊抬头叫一声，嘴巴滑落清水的亮线；想起草原的夜晚真黑，人像被关在带盖的箱子里；想起马，桩子前雪青马的蹄子踏出新鲜的黄土。

这些记忆像解体的卫星碎片在大气层里茫然飞翔，没办法把它组合成完整的故事。我能跟问我的人说这些事吗？别人听不懂。还有磨出好看花纹的榆木炕沿，漂在水缸里终年湿沥却不腐烂的葫芦瓢，小红蜘蛛正在房梁上拼命奔跑。

我读过一篇国外语音学家的文章，说结巴是因为元音和辅音急于一起冲出来，结果堵车，谁都出不来。我对草原的印象也像一个口吃者——印象的雪球堵住了大门。

今天我对草原的记忆只剩下一样东西——云。地上的事情都忘了，忘不掉的是草原无穷无际的云。骑马归家的牧人，挤奶的女人，背景都有云彩。清早出门，头顶已有大朵的白云，人走到哪里，它追到哪里。

老家的人一辈子都在云的底下生活。早上玫瑰色的云，晚上橙金色的云，雨前蓝靛色带腥味的云。他们的一生在云的目光下度过，由小到大，由大到老，最后像云彩一样消失。云缠绵，云奔放，云平淡，云威严，云浓重，云飘逸，云的故乡在草原。在异乡，我见到的最少的就是云，城市灰蒙蒙的雾气屏蔽了云。偶见零散的白云，一看就是进城串门的乡下云。有一次，我跟大姑姥爷到林西县拉盐，我躺在牛拉的木轮勒勒车里睡觉。大姑姥爷突然停车，拉我起来看。我问看什么？他指着天：那两朵云彩打起来了，像摔跤一样。我看去，两朵云立在天边，如决斗。他坐下抽烟，乐。看云打架比看人打架文明。他跟我说话间，云没了，大姑姥爷很惋惜，把烟袋锅掖进裤腰带，连吐几口唾沫。那年我七八岁，他七八十岁。大姑姥爷跟猫狗说话，跟豆角说话。他曾说，每个死去的人都会被云接走。他告诉我望云要带敬意。云打架让他乐了，露出光秃秃的牙床，像掰开的西红柿一样。

雨滴钻进沙漠里就再没出来过。铅色的低云下，沙漠由耀眼的白色变为明黄，好像穿了一件新衣裳。

雨在沙漠上一个脚印也没留下，没有滴痕，没有水洼，雨水没了。

不一会，雨停了，太阳出来，空气立刻蒸发一股潮湿气味。太阳如同开了一个玩笑，拉开铅云的门帘对人们笑，好像在沙漠下雨是个笑话。

这个地方叫勃隆克，是沙漠而不是沙地。我自己觉得，草原被耕种、被开垦、被采掘造成的沙化是人插手自然形成的荒漠化，叫沙地。草原表面由草的根须织成的保护层被撕破，土没有根须的保护被风刮跑，变成尘。地死去，流沙成了统治者。而沙漠是另一回事，它是大自然的杰作之一，像河流、岩石、土壤一样，古今如一。它哪儿也不去，只留在原初的家园。沙漠有自己的生态系统，生长只在沙漠存活的红柳（红柳在沙地里活不成，什么植物在沙地里都活不成），有动物和昆虫，也有草。没下雨时，我的手像铲子一样嗖嗖插进沙漠，不到二十厘米，手觉出清凉，铲出来的沙子全是含水分的湿块。

鸟飞过沙漠上空，最是好看，即使没读过柳宗元的诗也能体会出“千山鸟飞绝”的意境。鸟飞得太孤单，好像有人从沙漠后扔出一块抛物线的石头。站在沙峰上，风大到人站不住脚。看见鸟在下面逆风飞（顺风早被吹跑了），它抬着胸，几乎站起身子。这样的鸟留一头长发会飘得多么好看，套一件裙子更好看。鸟来这里纯粹是玩来了，像人一样。

人从沙的悬崖上如八女投江一般头朝下栽下去，结果变成了长距离的滑行。在沙漠戏耍，没有摔伤、磕伤，沙子有巨大的缓冲力，还干净。

人说，七八月份，游人戴墨镜躺在沙子上，用滚烫的沙熨腰，既舒服又治腰伤。当地人用细腻的白沙做婴儿的“尿不湿”，如猫砂一般。

沙漠表面有一层矩阵的花纹，像海浪凝固了，一排距另一排二十多公分。用手在沙漠里掏玩，边缘的沙子以人眼看不清的速度塌下来，保留顶端均匀的圆形。

勃隆克沙漠方圆十多公里，有冰川时期漂来的巨石，石褐色，方形。有一个湖宛然泊于沙漠谷底，蓝色，不沉也不涨。湖里有野鸭子，它们从此岸往彼岸游，脚蹼分出水波的“八”字越划越大。它已游到对岸，“八”的水痕还在，见出湖水的静。我觉得在这里当野鸭子比当人强多了，尽享世间胜景；不用装，但比装拥有更大的美感。湖里的鱼没人捕，蒙古族人不吃鱼，鱼在湖底比闹市的人还多。

我赞叹的不是沙漠，是胜景。给自然造成灾祸的是土地荒漠化，而不是沙漠。沙漠是大自然的儿孙之一，它一直待在自己的故乡，有其他地方看不到的美。

沙漠里的流水

勃隆克沙漠如山丘一般有峰有谷、有沙坡和悬崖，全是沙。站在沙的悬崖上，人可以往下跳，甚至头朝下鱼跃冲下，身体毫发无伤。沙子比人的身体还软，用它的软接住你，缓冲力量，人跳了悬崖之后还是人。人摔在比身体坚硬的物体上，身体迸而物体不迸，人落沙子上是沙迸，人还是完人。仔细看，沙粒实为坚硬的半透明的晶石，不规则的晶石之间的空气与间隙，缓解了力。

行走在沙漠的峰峦，像走在鲤鱼的脊背上。沙漠顶峰有一道曲折鲜明的分界线，如同阴阳面。风把沙曲折地堆在顶端，沙子显出金黄的着光面和阴影。站在沙峰上看，左右峰峦线条柔和，没有树，一只鸟飞过，在沙漠下拖下鸡蛋大的阴影。在沙漠待着，耳朵有点闷，如飞机落地前那种闷，耳朵不适应太静。在有泉鸟的山里，人感寂静，耳底实有泉流和鸟鸣的低回，只是人注意不到。沙漠真是空寂，什么声音都没有，耳朵反而嗡嗡响。静，原本以喧闹为根基。不喧闹耳朵自己闹，它变成自鸣钟。

沙峰的谷底有一条溪流，边上一溜金红色的柳条，流水在柳条的生长路线断断续续露出身影。

沙漠里有流水？这好像是大自然撒的一个谎。走到水边，用手捧起水，清凉，凉，才知道水的真实。沙漠里怎么会存水呢？所有的水不都会在沙漠上迅速漏下去吗，这里怎么会有流水呢？河床用坚硬的淤泥和石头兜住了流水，沙子能吗？我用手掏溪流的底部，仍然是沙子，但坚硬。我觉得不能再掏了，再掏就漏了。

水在沙漠上比金子还贵重。柳条用枝条隐蔽水的身影，如果不遮挡，会有人上这儿偷水吗？这些水以微微颤动代替流淌，一尺多宽，有的地方只剩两指宽。水的底部铺着大沙粒，还有躺直的草。

我顺着河走，踩坍的沙子堵住一些水流，如破坏者。再走，这道水钻进地下没了。怎么会没了呢？我以掌做挖掘机，掏出一堆湿润的沙子，却不见水流。或者说，水流着，一头栽进了地心。它到地心去干什么？好像不符合流水的常态。水惯于地表流淌，并不会突然失踪。

在谷底走，约走五十米，水抬头冒出地面。地面又长出零零星星的柳条。宋代有歌谣：凡有井水处皆咏柳词，柳乃柳永柳三变。此话在这里可改为：凡有柳条处皆涌流水，水乃沙漠流水地下水。

我觉得它们不是一般的水。对，它们肯定不是平凡的水。庸常之水在这里早漏下去了，怎么可能往前流呢？我捧水尝尝，还是水味，没尝出河味；再尝，有一点柳树的苦味。喝过此水，必也延年矣。可是，刚才断流入地的水，为何会挑头冒上来呢？似乎不合万有引力定律的约束。对大自然，人不明白的事太多了。

我跟着流水走，又见到惊喜。在一巴掌宽的溪流中，游着两条小鱼，火柴那么长。小鱼像沙子那样黄，半透明，露着骨骼，但没刺。鱼甩一下尾巴动一下，眼睛是两个黑点。除了飞过的那只鸟，小鱼是沙漠里唯一的生物。当然我也是生物，眼睛比鱼眼大，不会飞。我把小鱼团到手心，像个坏人那样想：它长到餐桌上的红烧鱼那么大要多长时间？把鱼放回水里，另一条急忙趋近它，像询问它受伤没有。

沙漠有水流过，像大自然的谎言。大自然偶现诡异，但不撒谎。它让沙漠里有水，有鱼和柳树，这是一个生态系统。再往前走，我见到了壁虎似的蜥蜴。再往前，水面宽了，游着不一样的鱼，水边出现几朵野花，有一只野蜂飞过，一条蜥蜴跳进水里……

草垛里藏着一望无际的草原

草垛如同干草的房子，但里面不住人，也不住动物。这座草的房子没有厅室，没有门，也没有窗户。我在拜兴塔拉乡住的时候，把一扇没人要的旧门摆在牧民额博家的草垛上，远看草垛像一个蒙古包。额博哈哈大笑，说你是一个热爱家的人啊。

那些日子，我没事绕着草垛散步。额博的老婆玉簪花说，狐狸才这样围着草垛转，假如有一只老母鸡在草垛里抱窝的话。

我不在意玉簪花的玩笑，她脸上布满雀斑像一个芝麻烧饼。

额博有三个草垛，它们是牧畜过冬的牧草。现在开春了，三个草垛只剩下一个，额博家的牛羊在六月份青草长出来之前靠它维生。草垛如一只金黄色的大刺猬，蓬松着蹲在瓦房前。房前停一辆蓝色的摩托车，洋井上挂着马笼头。我观赏这个草垛，并不因为它是牛羊的口粮，也没想跟牛羊抢这堆口粮。我在惊异——见到草垛我每每惊异，这么多草从地里割下，一绺一绺躺在一起。草从来没想过它们会像粉条似地躺在这里吧?

我从草垛上看到一望无际的草原。草原上的草不躺着，它们站立在宽厚的泥土上，头顶飘过白云。早上，曦光从山顶射过来，草尖的露水闪烁光芒，好像手执刀剑。六月末，大地花朵盛开，像从山坡上跑下来，挥动红的、黄的和蓝的头巾。城里人习惯用花盆栽花，花在家具之间孤零零地开。草原上，大片的花像没融化的彩色的雪。花朵恣意盛开，才叫怒放。开花，只是草在一年中几天里所做的事而已。

野花夹杂在草里，和草一同嬉戏。花朵如一群小女孩，甩掉鞋子跑到了草叶身后捉迷藏。明明没有风，却看见草叶的袖子摆动。草浪起伏的节律，让人想到歌王哈扎布唱蒙古族长调的气息。歌者把腹中所有的气吐尽，吸气时喉间颤动，气息沿上颚抵达颅顶，进入高音区并轻松地进入假声。这种演唱方法如草浪在风里俯仰，深缓广大，无止息。在哈扎布的演唱中找不到一个接头，找不到停顿或换气口，像透明的风，一直在呼吸却听不到风的呼吸声。

风在草里染上了绿色，它去河水里洗濯，绿色沉淀在河底的水草上。水草的大辫子比柳枝还要长，在水里得意地梳自己的辫子，散在斑杂的石子间。水草根部藏着鬼鬼祟祟的小鱼，这些泥土色带黑斑的小鱼只有人的指甲那么长，不知会不会长大。草原的深处，暗伏很多几米深的小河，有小鱼小虾。

草对于草原，不是衣服，更不是装饰。草是草原上最广大的种族，祖祖辈辈长于此地。白云堆在天上，如一个集市。如果地上没有草，剩下的只有死寂。草把沟壑填满，风里飘过一群群鸟的黑影。小河如同伸出的胳膊，上面站立白云的倒影。草的香味钻进人的衣服里，草的汁液浸泡马蹄。

草们如今成了额博的干草垛，它们一根挨一根躺在一起，回忆星光和露水。摸一下，草叶唰唰响，夏天的草发不出这样的声音。我在心里算计，这些草在草原能占多大的面积，十亩？还是五亩？算不出。只好说，它们是很大一片草。草绿时分，蝴蝶在上面飞，像给草冠插一朵花，过一会儿又插到别的草冠上。草棵下面爬过褐黄的大蚂蚁，举着半只昆虫干枯的翅膀。不远处小河在流淌，几乎没有声音，水面光影婆娑。花朵高傲地仰起头，颈子摇动。月亮升起后，草叶沾满露水，如同下河走了一圈儿。

如今它们变成草垛，变成一个伪装的房子，身边放一个油漆剥落的旧门。我像狐狸一样围着草垛转，嗅干草的香味。干草的甜味久远，仿佛可以慢慢酿成酒。

肖邦

税务所院墙后边有一片野地，尽头是护岸林。清澈的霍思台河从林子下面流过。河原来分成两股岔。其中一岔干涸了，这边的还有鱼游。

每天早饭后，我到河边散步，看水鸟用翅膀拍打河水。它本想叼鱼，却常常叼不上来，鱼藏在靠岸的深绿的草丛里。用木棍拨草，黑脊的小鱼甩一下尾巴钻进泥里。

我仿佛听见河岸有琴声传来，抬眼找公社或者学校是否有高音喇叭，没有。河的上游，一群白鹅在水里游弋。它们以喙给对方洗澡，展翅大叫几声。我觉得琴声好像就是从那边传来的。风向变了之后，确实听到那边传来的琴声。弹拨乐，弹一个我没听过的曲子。

牧区蒙古族人摆弄的弦乐器多数是马头琴和四胡，慢板，表现蒙古族民歌悠扬的情绪。弹拨乐节奏鲜明，蒙古族人用得少。

琴声越来越清晰，好像是一首西洋乐曲。琴声不好听，似乎共鸣箱开胶了，声音破，音准也不太对。

岸上，一架马车辕木支着地，一名少年坐在车上弹琴。看到他手里的琴，我乐了。这是一个三角琴。我认为除了边境的华俄后裔之外，全中国没人弹奏三角琴。它是俄罗斯民间乐器，又叫“巴拉来卡”。但这个孩子的三角琴比巴拉来卡小一半，白花花没刷漆。乐器怎么能不刷漆呢？不拢音，音色也不好听。

少年人见我来到，站起来笑了。

我问：鹅是你放的吗？

他指镇里，给肉食加工厂老板放的。

这是什么琴呀？我问。

少年用手抓抓胸脯，说，我也不知道，老板让木匠做的。

哪儿的木匠？

肉食加工厂盖房子的木匠。

我越发想笑，盖房子的木匠能打乐器，胆够大啊！

少年说，我给他放鹅，没工钱，让他买个吉他。他说嗨，自己打吧，反正都能出声。

我说吉他不是这样的啊?

少年说木匠锯不出来葫芦形的面板，就改三角的了。

这个琴用胶合板粘成，琴把是杨木做的，有四个琴钮。咋不刷漆呀? 我问。

老板说，买一桶清漆刷这点东西不划算。

少年十六七岁，瞳孔和头发都是黄色，卷发，后脖梗的发卷细密。

你叫什么名字?

图嘎，星星的意思。

你刚才弹的是什么曲子?

图嘎脸红了，窘迫地低下头，换个姿式站立，好像犯了错误。

什么曲子?

他用牙咬指甲，小声说：雨水。

雨水? 这是谁的曲子?

什么叫谁的曲子？他反问我。

就是，你弹的这个曲子是谁创造的？

心连心创造的。

看我困惑，他解释道：心连心艺术团去年上这儿演出，一个弹吉他的叔叔很喜欢我，给我弹了这首曲子，名字叫雨水。

你再弹一遍。

他弹起来，用截下的塑料格尺当拨片。我听了听，这是一个完整的作品，不是歌曲，也不是中国乐曲，图嘎弹得挺好。

你听一遍就会了？

两遍，他举起食指和中指。

他的天赋很高。这应该是一首钢琴作品，夜曲一类。

对啦，他突然大喊，我想起来了，这是“少蓬”创造的曲。

我想了想，你说的是肖邦吧？

对，肖邦，心连心那个叔叔说的。你认识肖邦吗？

我说肖邦早死了，他是波兰人。

你说说肖邦的事吧，他脸上闪出神往的光彩。

肖邦？我真不太了解肖邦，勃拉姆斯、维瓦尔第和贝多芬的故事我知道一点。我说，肖邦是个演奏钢琴和为钢琴作曲的人。他父亲是法国人。他的老师故意不教他，让肖邦自由发展。他拒绝了俄国皇帝授予的荣誉称号，一生没结婚，就这些。我又想起，他说的这首雨水，应该是肖邦的《雨滴》。

图嘎说，我觉得肖邦是个在云彩上行走的人，他手里拿着喷壶往森林里浇花。他懂得蜜蜂和露水的心思。他的手非常灵巧，像用花瓣拨琴。我弹他的曲子就想起雨从玻璃上往下流。

他的想象力蛮好。我问，你知道肖邦弹什么琴吗？

他用手比划，比这个琴大，跟吉他差不多，刷红漆。

我告诉他肖邦弹的是钢琴。钢琴就像把立柜放倒那么大，键子像一排牙齿，有白键和黑键，黑键是半音。

什么是半音？

“米”和“发”都是半音。

就它俩是半音？

这个事很麻烦。“多”有“升多”，“来”有“升来”，也是半音。“降米”、“降索”也是半音。“升发”对“米”来说就成了全音。很复杂。

曲调越复杂越好，他竟然说出这么一句话。图嘎是个没见过钢琴的孩子，他用白胶合板粘的假三角琴弹肖邦，而城里不知有多少孩子在憎恨钢琴。

你能教我一首肖邦的曲子吗？图嘎问我。

我不会。这三个字我说出来很惭愧，我多想说可以，然后教他一首肖邦的《蝴蝶练习曲》以及我最喜欢的肖邦的——辉煌的大波兰圆舞曲，但我不会，连哼唱一遍旋律也做不到。

图嘎礼貌地点点头。他说，再学会一首我就够了。我喜欢肖邦，可我们这里的人都没听说过肖邦。

我离开了少年，既然帮不上他又何必打扰他呢？傍晚的时候，我从税务所食堂的窗户看到，一群白鹅昂首走过土路，图嘎挥一根柳条跟在后面。他斜挎着那只系麻绳的三角琴，琴身用蓝墨水画着两颗星星。

阳光碎片

胡四台的白天和夜晚像两个地方。这么说，早晨、中午、下午都不一样。八月的太阳像卸车一样把热量倾泻在科尔沁沙地，周遭白花花的，人被晒得睁不开眼睛。最热的时候，空气里如有声音："嗡——"，这是阳光照在沙漠上的音波，传自太阳。在白天，胡四台的房子和沙漠颜色相似，燥白；树和庄稼发灰。一切静悄悄的。到了傍晚，村庄开始一点点蠕动。我是说，炊烟和小孩游动时，狗和毛驴在动，房子也走动起来，像从冰块里活过来的鱼。玉米恢复黑肥之绿，饮马的石槽淡青。我哥朝克的房上有瓦，明黄色。鸭子不知从哪里钻出来，竟有一群，蛋囊岌岌乎坠地。人们出现在家门口，全有笑容，世俗生活又回来了。

这是说傍晚。而早晨，胡四台又如另一个地方。空气的潮湿，可称为晶莹。沙漠金黄，我哥的屋瓦润红，这是雇拖拉机从甘旗卡买来的。马向我们致眨眼礼，睫毛俊美。杨树的树干白里透青，挺拔如俊男，真是"宫娥不识中书令，问是谁家美少年"。屋脚丛草沾露，朱雀、绣眼、冠纹柳莺，还有山鹛在羊圈横木和马棚顶上俯仰乱唱。保刚开始洗头。

吾侄保刚对我放在窗台上的一瓶洗发水发生兴趣。在我沐头之前，他不知这个鲜艳的塑料罐里装着什么东西。我倾之浴发，泡沫如棉花，屡搓屡出。保刚赞叹："这才是最好的东西。"然后，开始仿试，用洋井的凉水一日洗十遍。作为叔叔，我赞许贤侄清洁，但受不了他的歌声。保刚洗头必唱歌，唱歌必唱流行调：明明白白我的心。吾我尔汝，情倾爱哀，一派洋泾浜汉语。

在胡四台，草木山川甚或人的相貌都为蒙古族民歌而设，苍凉恒远，像天空飘来的绸子。保刚这个小兔崽子用轻薄歌辱煞了风景。有一天，保刚丢了五元钱，遭嫂子叱骂。我于心中发言：骂得好！骂得好啊！并用指骨叩桌，使吾嫂的詈骂加入板眼。

进夜，我住的东屋成为议事堂。我与朝克坐炕之两厢，中置饭桌杯盏，地上站立女人和孩子。朝克谈经济，如玉米之销售收入；谈教育与文学，如酒后教他孙子吟诵格萨尔王诗篇；谈未来，即保刚的婚事。谈完，"滋儿——"（酒过唇），问："难道你不说一些什么吗？难道沈阳没有发生什么事情吗？"女人和孩子都用表情拥护朝克的提议。

沈阳每天都在发生非常多的事情，但我说不清楚。沈阳制造的歼8—2飞机难道不是事情吗？春天广场时装秀，大街上有17000辆出租车飞快行驶，跟他说不清楚。我说：沈阳——蒙古语称之为"穆格顿"——有700多万人口，我不知道别人在做什么事情。

穆格顿有700多万人口？他们吸气，向上翻眼，嘴里“丝丝”地惊叹。借此，我吃点菜并喝酒。

“那么，”阿拉它姐姐吃惊地望着我，“你早上一开门，就见到好多人站着？”

好多人站着？那成专家门诊了。我告诉姐姐，在沈阳，出门见到许多人，无论早上、中午或夜间。

丝儿——他们吸气。

“没问他们在干什么？”朝克问。
“不能问。”

“为什么？”

我回答：“修自行车的就在修自行车，不用问。”

“在马路上走的人呢？”

我说：“也不能问。问你到哪里去？那不行。工作，人们在工作。”

朝克小声对他老婆说：“他把走路叫工作。”

我嫂子更小声说：“喝醉了。”

我假装醉了，眯着眼睛，省得回答这些难题。我所喜欢的，是这么多张面孔和我血缘相通，一同沉浸在奶茶的气味和蒙古语的言说中。

有一天，朝克告诉我，“明天有人来看你，巴丹吉林村的满达老人，套车来。”

“是咱们亲戚？”
“没亲戚。他说想看一看沈阳人。”

我闻此言，何止意外。我不是经典的沈阳人，本生边地，侥机遇之幸于其间谋食，怎么宜人套车观瞻？

满达老人一早就到了。他的毛驴车上铺着红花绿叶图案的棉被，还有旧军用水壶。进屋上炕，敬茶，朝克卷烟双手递给老人。老汉喝一口茶，烟雾从鼻孔漾出，海狮胡子花白。
“沈阳的庄稼怎么样啊？”老汉开口问。

“沈阳郊县的庄稼很好。”

“唔。”老汉喝茶，问：“沈阳的天气怎样啊？”

“越来越热了。”

“可以种西瓜。”他说。过一会儿，又问“沈阳还有卖丝线的吗？”

半天，我想起马秋芬写的《老沈阳》提到中街吉顺丝房的事，说“已经不卖了。”

老汉拉过我的手，捏了捏，放下，说：“沈阳有很多蒙古族人吗？”

“有7万人。”我回答，“大学里也有蒙古族孩子，聚会的时候唱蒙古族歌曲。”

“是吗？”老汉似乎感动了。

“是的。”

老汉看我，仿佛从我的面孔中看到遥远的沈阳，而后微笑着扳腿下地，划拉鞋，说：“我走了，到那什罕村的孙女家。”

上驴车时他转回身说：“沈阳好啊！我18岁去过，过去70年了。沈阳多好。”白嘴的毛驴，耳朵立而又平，像告别。

我目送老汉的驴车远去。他的言说像诗，像讲给自己听的话，很柔软，让人生出一种难过。谁能知道，科尔沁沙漠深处，有一位88岁的蒙古族老汉心里在想沈阳。多年前，有他少年履迹或许还有爱情的沈阳。像英国古谣《苏格兰的蓝铃花》唱的：多年以前，多年以前……

被遗忘的墙

朝克巴特尔家的窗前有一片菜园。对“园”这个词来说，他们的菜太少。园里不规则地种着胡罗卜和葱、辣椒。西红柿不红并且不生长，直到秋天都像玉石球。菜园有一尺半高的土墙，挡猪。最有嚎头的，这是一道没门的墙。人入菜园采用跨越式，朝克巴特尔一步跨过去，格日勒拎着裙子过墙，小孩子用肚皮蹭过土墙。墙变矮了，顶上光滑。

我问朝克巴特尔，咋不安个门?

他挠挠头皮，说忘了。

我说，现在刨开，安一个门。

他回答，那就把墙破坏了。

在城里人看来，这是懒惰，因而可笑的生活态度，离雅致很远。对朝克巴特尔来说，特别是他喝了半斤白酒，坐在台阶上，青筋暴露的大手放在膝盖上的时候，值得探究的是远方。天空翻滚着海带色的浓云，雨腥的空气飘过来。朝克巴特尔考虑庄稼、马和羊群在雨后的情形，而不是菜园土墙及其门的问题。他甚至蔑视菜园与墙。

在草原骑马飞驰，大地像飞箭一样向后闪过。道路在马的双耳之间延伸。从山上眺望村庄，一座座屋舍孤孤零零。换句话说，人的居所在草原上像缩着肩膀的孩子。对牧人来说，所谓房子只是过夜的居所，它不是财产。财产是牛羊和马群，还有天空大地。土墙是什么？什么都不是。虽然如此，蒙古族人珍惜亲手培育的产品。朝克巴特尔看到小小的豆角长出来后，指着它笑了，像说“多可笑呀”。就像人们笑蹒跚学步的孩子和毛绒绒的鸡雏。朝克揪一把小白菜往屋里走，反复观看手里的菜，眼里却是看草的表情，有点惊异。当然，小白菜卷曲的叶子比草好看多了。

菜园的土墙底下，斜着长出闲草。猪用墙蹭痒，花猫由于捕捉路过的蝴蝶，从墙头掉了下来。

闪电

近晚，西村天地交合处放闪电，一下接一下，无雷声。我问朝克巴特尔："那边下雨吗？"

他说："没有。从那边看这边也是这个样。"

"这边也有闪电？"

"是的。"

延伸到西村的草地，深绿中沉淀着铅灰，而天幕的浓云堆积地表，把杨树的枝叶衬得明亮，像铁板上的一把芹菜。闪电几乎一秒钟放逸一次，纵向，钻入草地隐没，如金蛇入水。

朝克巴特尔看我目不转睛，觉得不值。他解释："这是草……和地，夏天……"

"……"是他有力的手势，像往箱里装东西。就解释这么多，再解释没有了。为了不使朝克巴特尔失望，我不再看西村的闪电，但心里还是想。

照相

我大伯布和德力格瘫痪于科尔沁草原的沙漠深处，村名胡四台。他匍伏着种点菜和玉米，也能喂喂猪。

我爸率领一帮子孙后代去看望大伯，临分手时要照相。让他和我爸并排坐好，他总坐不好。一听说照相，他竟然连“坐”这么简单的事也不会了。
按快门时，他大骇举臂，几乎后仰落地。闪光灯的一道白光把吾大伯吓着了。

他生气了，质问：“什么？这是什么？”

答曰：“这就是光。屋子暗，照相得有光。”

他还是很生气，说：“我知道这是照相。照片呢？把照片给我。”我爸说，你大伯没照过相，吓这样。

后来我想，不对，他照过相，上世纪 50 年代，他去呼和浩特治肺结核，跟我爸有过合影。在照相馆画有北海白塔的虚假背景前，他们哥俩儿似笑非笑地照了一张相。

不过，那时候的照相机是个大盒子，师傅把脑袋塞进红面黑衬的布袋里鼓捣，然后伸出一根手指："看这儿，头再歪点儿，别动。"攥指捏咕一个橡皮玩意，就照了，没闪光灯。

我知道大伯害怕闪光灯。

我爸走时，大伯全家三十多口人往村口送。大伯扶着窗框，流着泪喊："明年你们来啊！我数着手指头等你们。"

明年再去，大伯就不惧于闪光灯了。

我梦想给所有没照过相的人照一张相，尽管他们会被闪光灯吓一跳。

静默草原

谁有过这样的经历呢?

站在草原上，你勉力前眺，或回头向后眺望，都是一样的风景:辽远而苍茫。人难免为这种辽远而惊慌。

在都市里生活，或是寻访名山以及赏玩江南园林的人，都习惯这样的观察:眼光的每一个投射处，都有新景物可观，景随步移。

然而草原没有。

蒙古族人前瞻的时候，总是眯着眼睛。他们并非欲看清楚天地间哪一样东西，而是想在眼里装填一些苍茫。

城里的人大睁着眼睛看草原，因而困惑。草原不可看，只可感受。

脚下的草儿纷纷簇立，一直延伸到远方与天际接壤。这颜色无疑是绿，但在阳关与起伏之中，又幻化出锡白、翡翠般的深碧或空气中的淡蓝。

因而草原的风景具备了看不到与看不尽这两种特点。

和海一样，草原在单一中呈现丰富。草就是海水，极单纯，在连绵不断中显示壮阔。

有一点与海不同，观海者多数站在岸边，眼前与身后迥然不同。草原没有边际。它的每一点都是草原的中心。与站在船上观海的相异处在，你可以接触草原，抚摸、打滚儿甚至过夜，而海上则行不通。

在草原上，辽阔首先给人以自由感，第二个感觉是不自由，也可以说局促。置身于这样阔大无边的环境中，觉得所有的拐杖都被收去了，所有的人背景都隐退了，只剩下天地人，而人竟然如此渺小与微不足道。20 世纪哲学反复提示人们注意自己的处境，在草原上，人的处境感最强烈。天，果真如穹庐一样笼罩大地。土地宽厚仁慈，起伏无际。人在这里挥动双拳咆哮显得可笑，蹲下嘤嘤而泣显得可耻。

外来的旅人，在草原上找不到一件相宜的事来做。

在克什克腾，远方的小溪载着云杉的树影拥挤而来时，我愿意像母牛一样，俯首以口唇触到清浅流水。当我在草原上，不知站着坐着或趴着合适时，也想如长鬃披散的烈马那样用颊摩挲草尖。

草原上没有树，所以即使有风也听不到啸声，但衣襟已被扯得飘展生响。我扯住衣襟，凝立冥想。关于克什克腾的一些旧事，譬如霍去病在狼居胥山立碑，康熙大战葛尔丹等等一俱杳然无踪。

草原与我一样，也是善忘者，只在静默中观望未来。

芦苇为我指路

博格达山的南边有一片芦苇，风一来，芦苇拼命摇晃，好像想从泥沼里拔出脚来逃走，然而谁都没逃走。

我从芦苇下面的小路往江沐沦河的方向走，但不知走哪一条道。芦苇站满了大地，它们细长的叶子像用中锋的笔写出来的，比竹叶温和，比草叶凌利。芒穗如白鸟的羽毛飘洒。阳光的笔触在芦苇叶子上急躁地涂抹，它们的袖子上滚动水银。

我即使不碰芦苇，它已经在沙沙响，揪下一片苇叶，看深绿色蜡质的叶面藏着浅绿的脉络，它上面并没有字。秋天之后，至多到明年夏天，这些芦苇就变成纸，对着阳光看，纸里面还有芦苇的纤维。

你猜不到哪些字印哪些芦苇的叶子上，更猜不出这些芦苇原来长在哪里。何不请诗人到这里在苇叶上写诗？诗和苇叶一起生长，不必要变成纸，也不必使用高毒性的纸浆增白剂。

《诗经》说：谁谓河广，一苇航之。坐一片苇叶就把河给渡了。坐（或单脚踩）苇叶渡河的人或许会轻功。他身体的重量比苇叶（约3克）

还要轻。他们如何以运气的方法把重量（物理学叫质量）弄没了呢？我在没听说牛顿万有引力定律之前，倾心于轻功。那时年纪小，心里天天想轻功的事。见燕子飞，心想燕子会轻功。见蜘蛛在网上纺织，觉得蜘蛛也会轻功。我每天提着气走在上学的路上，前心贴后脊梁，腹部有吸气造成的凹坑。我认为提气一旦成了习惯，没准哪一会儿就腾云而起，自己想控制都控制不了。我期望学会轻功之后到屋檐的青瓦上走路，而不必走大马路。瓦片丝毫未损，连瓦上青霜都未留脚印。轻功太高级了，但我没练成，气白提了。在中学的课堂上听老师讲万有引力定律，说有重量的物体每每遵守万有引力定律从高处往下落，此为自由落体运动。我从家里的小棚往下跳十多次，每次都落到地面，证明老师没骗咱们。跳并自由落体运动的时候，我还迷上了跳伞运动，手持我爸的红油纸伞与我妈的花油纸伞从小棚往下落，伞也没逃脱万有引力定律的惩罚，变成一堆竹签子。

一群鸟飞进芦苇。苇的白芒往东飘，鸟飞向西面，逆着风。这些鸟的翅膀从芒穗间飞过，如同穿越芦苇的翅膀。芦苇深处也许有一窝小鸟，张嘴等待哺食。大鸟嘴里含着喂食雏鸟的肉虫。大鸟不能鸣叫，也不可哈哈大笑，捉一只虫子不容易。

太阳离西山顶峰还很高，天空已有微微的橙黄，光线像波浪一遍遍滚过芦苇。芦苇的白芒渐渐化为金黄。这时候闭上眼睛，呼吸三十次，再睁眼看，摇动的芦苇金穗迷茫，比中央银行金库的黄金还多，对我大有安慰。我挥一挥手，一片金穗都不带走。让它们留在这儿天地辉煌吧。小路走到头，怎么去江沐沦河？芦苇弯腰为我指路，前边，往右一点。

牛比草原更远

看草原的辽阔，不是看地平线，也不是看飞鹰融化在蓝天里，连个黑点都没剩下。看到远方的牛群，才觉出辽阔是无法用脚丈量的远。一群牛在天际如甲虫般蠕动，觉得牛比草原更远。

傍晚，这群牛摇着尾巴回到家，步伐慢得不成样子。难以置信，它们就是天边那群牛。

到牧区，城里人的空间与时间观念都被改变。牧区的一切都缓慢，像太阳上升那么缓慢，然而什么都没耽误。

回家的牛一脸憨态。所有情况下，牛的表情都显出茫然。好牛的皮毛比锦缎更有光泽。吃饱的牛，两肋撑得比骆驼肚子还圆。一回，我跟公社干部从堤坝边的小路走过，对面来了一头牛，两肋更宽。牛倌喊：让路了，让路……公社干部闪到树后，我学他也闪到树后。宽肋牛气定神闲走过，没理我们行的注目礼。我问公社干部为啥给牛让路，他说这头牛怀孕了。

蒙古族人对人畜草木给予同等关怀。到夏营地的牧民，秋天撤蒙古包的时候，把拔出楔子的土坑重新填埋踩实。按蒙古族人的民间传说，土地扎了一个洞，洞里会钻出魔鬼。现实中，这种传说保护了草原。牧场的土层是草根编织的网状保护层，扎一个洞，在理论上说会导致沙漠化。如今，草原上大规模开矿，其后果说也别说了。

放牛比放马更艰辛。牛倌常年无人说话，在烈日和暴雨中奔走，像化石的人。跟牧牛人说话，他惜话如金，好像暗示你采用眼神交流。无论问什么，他点头或摇头，表情却生动。我想问牛倌，你从早上到晚上，在漫长的一天里想什么呢？我没问，这样的问话说不出口。牛倌洪扎布对我笑，好像知道我想问的话。他坐地上，揪一片草叶在嘴里嚼，默默看着远方。胶鞋露出比煤还黑的脚肉，鞭子搭在胳膊上。洪扎布衣服、裤子的双肩和膝盖的布磨薄了，露出经纶线，城里人扔掉的衣服也磨不破肩头。他说回家挑水浇树，跪地上弄树苗，磨破了衣服。他用胳膊抱住膝盖，感到羞惭，胳膊肘还有两个洞。

夏季的晚风吹过，草地像打了一个激灵，又像一只无形的手从草叶抚过，如抚猫的毛。西天热烈的云阵伸臂迎接夕阳，洪扎布的脸镀上一层金。我想，我的脸也有金色，终于跟金子挂上钩了。草色转为金碧，空气更透明。嬉戏的鸟儿一头栽进草里，挑头又飞起来。牛群回家了。

我和牛倌洪扎布放了一天的牛，相互笑了无数次，没说几句话。洪扎布像草原上的树、石头和河流一样，安于沉默，像听古典音乐应保持的沉默一样。牛犊子步小，在母牛后面跑。它不情愿回家，时不时回头看这片金碧的牧场。

石头铺满蓝哈达

从阿伦河往西走，骑马大约走五六个小时，草原一片败象，好像从夏季进入了初冬。所谓草原，地表只露出稀稀拉拉的草，而且近于垂死。不用说，这片草原被开发了，修建了煤矿和发电厂。人间最丑陋的景观，莫过于被开发的草原。这一片土地遍布沙丘和石砾，远看，石砾似一片片白骨。而先前路过的草原仍然是绿油油的，空气中弥漫着青草的甜味，花朵从脚下开到天边，那里没有矿，也没有大型企业。在这片遍布疮痍的土地上，偶而见到牧民，穿戴也破破烂烂。草原没了，贫穷接踵而至。

继续往前走，绿草又接续上了。这里是另外一个旗，工业化还没有进入或刚刚要进入。草原下面如果有矿石，被毁灭是早早晚晚的事情。这一片草原尚好。草原的好，从深处说是牧民赖以生存的根基，从浅表看，它上面还有花朵。有花的草原证明它还没有退化与沙化。经过流沙的荒漠，又见到绿草和鲜花，如同见到一个濒临咽气的人又缓了过来，我拎起的心放下了。

往前走，看见一个村子。每家牧民的红砖房前都栓着马。马在牧区少了，没有草，连牛羊都养不活，谁能养马？这么多马证明牧民的生活很好。穿过这个村子，在山的转弯处，我看到了一个奇观。

一台巨大的、涂黄漆的推土机像被小孩扯开的蝗虫一样分成了两截。它推土的铲子离车身很远，且被砸扁了，车的驾驶室坍了半边。

我第一次看见推土机被毁坏成这种样子，平时都是推土机毁坏一切。
破推土机旁边有一块石头，它的体积不大，和六印铁锅差不多。让人意外的是，石头上系着一条红绸子。

不明白这是怎么回事，从山上滚下一块石头把推土机砸坏了？不像。山坡的绿草上也没有石头滚落的痕迹。

附近无人，云朵在天边追逐白杨树的树梢，河流在地平线上露出窄窄的一条。

驻进镇里的税务招待所，我还在想这件事，越想疑团越大。推土机到这儿干啥来了？周围也没有工地呀？那块石头从哪儿来的？它会系着红绸子从天上掉下来吗？

我和大多数人一样，平生没遇到过什么离奇的事，觉得此事蹊跷。第二天早上，我跑步路过山腰转弯处，发现了更离奇的事。

一群牧民聚集在推土机边上，他们穿着鲜艳的蒙古袍（牧民们祭敖包或过年穿的鲜艳的礼服），在那块石头面前摆上了毯子和桌子。我趋前，看到几个牧民在推土机后面宰羊，那个像妖怪下巴的铲子离推土机四五米远，里面扔着带血的羊皮和蹄子，大锅里水烧得滚滚冒泡。

人们在石头前肃立，一位留山羊胡子的长者从怀里掏出蓝绸的哈达，双手平举，念诵一段赞词，大意是感激长生天的恩德，保佑草原人畜两旺。诵毕，他把哈达放在系红绸子的石头上，牧民们——男人、女人和老年人，次第从怀里掏出哈达恭敬地铺在石头上。他们围着石头转，口里念诵祷词，把小石头放在大石头下面。

我明白了，这是一个祭敖包的仪式。不同处在于：敖包是千万块小石子堆起来的，他们在祭祀这块大石头。

我身上没带哈达，从地上拣两个小石头，随他们转敖包，双手合什。

之后，他们在草地上铺塑料布，切羊肉放盘子里，盘上腿开始喝酒。

我没见过蒙古族人祭敖包时喝酒。

“遇到了什么好事？”我问。

“我们遇到了大喜事。”一个牧民眉开眼笑地说：“长生天保佑我们啦！”

“怎么回事？”

这个牧民站起来，先弯腰向铺满蓝哈达的石头深深鞠个躬，说：“这是一块神圣的石头，昨天从天上掉下来把推土机砸成两截了。”说完，他仰头喝尽一杯白酒。

“石头从天上掉下来的？”

这个牧民点头，说：“石头掉下来像打雷一样，好几里地之外都听到了。”

“推土机是咋回事？”

“推土机是开矿的人开来的，在这个山上开矿。长生天惩罚了他们，跑了，不回来了。”

我明白了，天下掉下一块陨石，不偏不倚砸在推土机上，变成了牧民的节日。我觉得很好笑，但没敢笑。假如这是真的，真是很好笑。假如不是真的，没人能把拖土机搞成这样。牧民们怀着对神灵的感激在此饮酒。

我继续跑步，身后传来歌声，这是一首长调，歌词是：“我美丽的家乡啊，用黄金和玉石也换不来。长生天保佑这片土地吧，我们像百灵鸟一样在风中为你歌唱。”

头发

我来的这个苏木叫“乌兰扎德噶”，意思为红色的扇形地带，是西拉沐沦河的一小块冲积平原。像扇子一样打开的平川——叫扎德噶，乌兰是红。村里居民大部分是蒙古族人，也有汉族人和朝鲜族人。到朝鲜族人家里做客有趣。他们用清漆把炕油得亮光光，我们坐炕上喝奶茶，边喝边吃朝鲜辣白菜。喝酒，他们唱蒙古族的鄂尔多斯祝酒歌——《赛洛日外冬赛》。而蒙古族人用蒙古语唱《桔梗谣》，是长调的唱法。我觉得古代的蒙古人和高丽人便如此对饮。

我住到了税务所的宿舍，公社干部次序上我房间问候。承担后勤的副苏木达（副乡长）吉雅泰送给我印着鸳鸯图案的红毛巾、牙膏和牙刷，一个鸭蛋大的小镜子，还有搽脸的雪花膏和搽手的香脂。

干部们看过我，离开房间都说一句“慢慢休息吧”，这句话特逗。“慢慢吃”好理解，慢慢休息是怎样休息呢？睡觉不能太快吗？

汉语说慢慢走、慢慢喝，实为礼貌的敬语，意谓安泰由之。他们说的“慢慢休息”，意思是“享受”，沉静下来歇息。我学会之后，向他们打趣：你们慢慢笑。

有一天逢集市，我和送我小镜子的吉雅泰到集市转。我见到了多少年没见到的东西：钐刀，带黄油和新鲜皮革味的马笼头，一窝粉色的小猪在阳光照耀下的大筐里睡觉，爪上拴绳的大公鸡睥睨四方，白兔在笼子里急匆匆吃菜叶子。半大姑娘小伙儿甩着腕上的手机播放流行歌，有个小孩子拿手机给毛驴照相，驴温良地摆出侧脸。

有一个蒙古族女人坐在扣过来的筐上，面前放了一个笸箩，里面装着女人的长发，一束束用绳系着。有女人走过来，从兜里掏出一束头发扔笸箩里。她们笑笑，什么也没说就走了，都是蒙古族女人。

这是怎么回事？我记得收头发要给钱，怎么扔进去就走了呢？又有几个女人把纸包的、布包的头发扔进笸箩里。看笸箩的女人只笑，啥也不说。
我问吉雅泰，这是怎么回事？

噢，这几个村的女人有倡议，逢集把自己的头发捐出来。

捐出来干嘛？

嗨，她们打电话让人来收，换钱买黑板。

买黑板？

噢，学校的黑板是水泥的，墨汁老是掉色。她们要买玻璃钢黑板。已经买来两个了，一会儿我带你看去。

进入小学校，这里只有三间教室。进了屋，老师停止讲课，小娃娃们背着手瞪大眼睛看我们。吉雅泰像进了自己家一样，走上讲台，摸着深绿色的玻璃钢的黑板，这是她们的头发换来的，你摸摸。

我摸黑板，质地光滑沁手，像女人们的头发。

你写几个字，吉雅泰说，这比水泥黑板好多了，还好擦。你写几个字。

我犹豫，吉雅泰说，鼓掌，欢迎老师给我们写字。

我抓起粉笔，心里扑扑跳。写什么呢？这相当于在她们的头发上留言。说女人伟大或头发伟大都不对路。我写下两个字：母亲。

下讲台，学生们鼓掌。我回头看“母亲”两个字太孤单，又添了几个字——课堂的母亲。

学生们又鼓掌，我觉得这回是为黑板和头发鼓掌。那些我没有见过面的女人，她们乌黑光润的头发里面藏着密密麻麻的字，她们的孩子慢慢都会读出来。

小羊羔

伊胡塔草原那边，今年也发了水。水退了，仍在地面盈留寸余。远望过去，草原如藏着一千面小镜子，躲躲闪闪地发亮，绿草尖就从镜子里伸出头来。马呢，三两成群地散布其间。马真是艺术家，白马红马或铁青马仿佛知道自己的颜色，穿插组合；又通点缀的道理，衬着绿草蓝天，构图饱满而和谐。

这里也有湖泊，即“淖尔”。 黑天鹅曲颈而游，突然加速，伸长脖子起飞，翅膀扑啦扑啦，很费力，水迹涟涟的脚蹼将离湖面。我想，飞啥？这么麻烦，慢慢游不是挺好吗？

湖里鱼多，牧民的孩子挽着裤脚，用破筐头一捞就上来几条。他们没有网和鱼竿。我姐笑话他们，说这方法多笨。我暗喜，感谢老天爷仍然让蒙古族人这么笨，用筐和脸盆捞鱼。我非鱼，亦知鱼之乐。

这些是我女儿鲍尔金娜从老家回来告诉我的。

在我大伯家，有一只刚出生七天的小羊羔。它走路尚不利索，偏喜欢跳高。走着走着，“嘣”地来个空中动作，前腿跪着，歪头，然后摔倒了。小羊羔身上洁白干净，嘴巴粉红，眼神天真温驯。有趣的事在于，它每天追随在鲍尔金娜身后。她坐在矮墙上，它则站在旁边。她往远处看，它也往远处看。鲍尔金娜珍怜它，又觉得它很可笑。

小羊羔每天下午四点钟停止玩耍，站在矮墙上“咩咩”地叫。它的母亲随羊群从很远的草地上就要牧归了。天越晚，小羊羔叫得越急切。

这时，火烧云在西天逶迤奔走，草地上的镜子金光陆离。地平线终于出现白茫茫的蠕动的羊群，它们一只挨一只低着头努力往家里走。那个高高的骑在马上的剪影，是吾堂兄朝格巴特尔。

羊群快到家的时候，母羊从九十九只羊的群中窜出，小羊羔几乎同时向母羊跑去。

我女儿孤独地站在当院，观看母亲和小羊羔拼命往一起跑的情景。

母子见面的情景，那种高兴的样子，使人感动。可惜它们不会拥抱，不然会紧紧抱在一起。拥抱真是天赋人权。紧紧抱在一起，是结为一体的渴望。动物中，猩猩勉强会一点拥抱术，但那种虚假，实在不堪。

小羊羔长出像葡萄似的两只小角。那天，它在组合柜的落地镜里看到自己，以为敌人，后退几步，冲上去抵镜子。大镜子哗啦碎了，小羊羔吓得没影儿了。这组合柜是吾侄保命（保命乃人名——作者注）为秋天结婚准备的。保命对此似不经意，他家很穷，拼命劳作仅糊口而已。但镜子乃小羊羔无知抵碎的，他们都不言语。

我嫂子灯笼（灯笼也是人名，朝格巴特尔的老婆）对小羊羔和鲍尔金娜的默契，夸张其事地表示惊讶。在牧区，这种惊讶往往暗含着某种佛教的因缘的揣度。譬如说，小羊羔和鲍尔金娜前生曾是姐妹或战友。

花日村在大雁山的后边。“花日”就是花儿，蒙古语“花”的音译。这个词也是对汉语的借用。蒙古语中，“花日”是花，“讷日”是名字，“觉日”是画，“怒日”是脸蛋子，“夏日”是黄，“穆日”是脚印，“海日”是珍惜，都好记。

为什么叫花日村？我问吉雅泰。

花日是外号，这个村的人爱种花，实际上叫大雁村民组。吉雅泰回答。

花儿——大雁，这些名字都好听，纯朴而遥远，以后人们会离它们越来越远。沈阳航空博物馆附近有一家“大雁肉烧烤店”，我看了——心情怎么说呢——无论人类遭受到怎样的旱涝灾害，都不必去怜悯，他们曾经对动物这么无情。

我们走上大雁山顶往下看，花日村没什么花，每家门口有三四棵柳树。房子没铺瓦，屋顶的泥巴被太阳晒褪色了，燥白。土埋在地里原本都是新鲜的黄色，土也氧化。进村，见每家窗下摆四五个木制箱子。不是蜂箱，是花箱。

冬天卖橘子的木制包装箱，里边垫一层塑料布，盛土栽花。

这些土可了不起。吉雅泰说，草原没有土，是图卜勋老汉套驴车从外地拉来的土。

草原没有土吗？这真是个奇怪的说法。广阔的草原怎么会没有土呢？草原难道是塑料的吗？然而，草原真的非常缺土，或者说绿浪翻滚的草原只有薄薄一层表皮的土。这层土珍贵呀，它是无数青草用根须编结的半尺厚的土毡，是草原的衣裳，下面的流沙无止无休。鄂尔多斯草原水草丰美，它也是央企主力煤田的所在地。《半月谈》杂志2010年第10期报道："那里有上湾、榆家梁等千万吨级的矿井，高管每年拿几十万元的工资。采矿的结果是地表塌陷，植被枯死，水源渗漏，土地不长草。"没土了，怎么长草？煤矿开采区的牧民背井离乡，生活穷困。煤采完，草原失去黄金般的土，将变成永远不适合人类和动物生存的无人区。

蒙古族人珍惜草原，包括珍惜这一层薄薄的土，它是草原有血有肉的皮肤。剥掉这层皮，草原就死了。祖祖辈辈鲜花盛开的故土，死在了GDP上。GDP变成了"剥皮抽筋"的代名词。野花在草原盛开，野花只用它自己脚下的一盅土。它怀抱自己的土，死后又用枯萎的枝叶填充自己用过的土。除了土，野花一生什么也没有，它们知道报答。

牧民们不挖草原的土栽花。草原的花儿比海洋的浪花还多，还需要在自己家里栽花吗？要想栽，自己去弄土吧。就像花日村每家门前摆的木箱子，土像在河床里那样细腻，挤在木箱里，举着娇艳孤独的花朵，如礼物。

图卜勋的家住在村子最东边，比别的家低矮。屋顶西北角已经露天了，还没用泥抹上。门口大鹅叫，老人猫腰从门口走出。他身高一米八多，开口笑，两撇灰胡子从上唇垂下来。

看花来了，吉雅泰说。

嗨，都是乡下的花。图卜勋双手在裤线上蹭。他的花木箱放在窗台上。一箱秋海棠，个头矮小，紫红的花瓣像蜡做的。一箱三色堇，也叫猫脸花，每朵花上有蓝、黄、白三种颜色。还有一种花的茎像注满了水，躺在土上不起来。它的叶子如小香蕉，肉乎乎的。

这是什么花？我问。

太阳花嘛。今天阴天，它不开了。老汉说，它的脾气很怪，太阳出来才开花，红的黄的小花。

老汉指那箱高棵的花，这是指甲花。春天的时候，苗是红梗就开红花，白梗开白花，它们不骗人。

老汉笑起来，皱纹遮住了眸子。他说，指甲花也有脾气啊。花儿谢了，胳支窝长出一个小口袋，不能碰，一碰就像弹弓那样，把种子射出去了。

这是好事啊，吉雅泰说，自动播种机。

这个事都是瑙浩做的，老人说。

敖浩在蒙古语是“狗”的意思。我说，狗聪明。

不是。老汉喊：瑙浩，瑙浩——

跑过来一只白爪白嘴的小黑猫。

老汉说，它名字叫瑙浩。秋天了，它上窗台专门碰指甲花那个小口袋，然后去抓蹦出来的种子。

黑猫舔舔白爪，像说“是这么回事”。

养花的土是你用车拉来的吗？我问。

是，我干不动活了，套驴车拉点土，送给各家种花，也有种柿子的。老汉回答。

咋不上草原取土？我问。

那不行，咱们从来不挖土，土下面就是沙子。你看那些出夏营地的牧人，他们套牛车走，在这个地方支蒙古包住两个月。回家了，把木头楔子拔出来，土踩实。你在草地上钉一个楔子，拔下来不踩好，这块土就破了，像伤口一样，不长草，沙子从下面冒出来。嗨，土就像肉一样，咱们不破坏它。

什么人破坏土?

唉，老汉叹气，伸胳膊指门外，外边来的人都破坏土。他们不心疼土，开矿呀、种西瓜、种药材，第二年再换地方。种过地的土全都沙化了。开矿更完了，河都完了。

你拉的土是从哪儿破坏来的? 吉雅泰开玩笑问他。

我的土不是破坏。老汉挺直腰板说。春天，西拉沐沦河的冰化了，发大水。水退了，岸边留一尺厚的淤泥，我套车把泥拉回来。挖泥也不要在一个地方挖，第二年发水，把挖过的地方淤平。

离这儿远吗?

远，吉雅泰说，西拉沐沦河离这儿五十多里路呢。图卜勋老汉带着干粮，车上拉着瑙浩，还有咪咪——咪咪是他家狗的名字，到那里拉土，一回拉五六个木箱的土。

图卜勋笑，他的脸、脖子和胸膛都是红铜色。他举起四根手指，一回拉四箱土，一箱十斤吧。

名叫咪咪的细腰黄狗跑来，坐地上看老汉伸出的手指。

老汉的儿子和女儿都在日本留学，吉雅泰介绍。

老汉笑着伸出三根手指，孩子在日本工作三年了。他说，看看我的驴车吧。

绕到房后，我大吃一惊，驴车上扣一个驾驶楼。铁皮钻眼，穿牛皮绳子系在驴车驾杆上，驾驶人坐铁皮楼子前面。

现代化，老汉说。

小毛驴拴在车边上，低头吃帆布袋子里掺黑豆的干草。图卜勋套毛驴，咪咪和瑙浩迅捷地钻进驾驶楼，坐在人造革长椅上，从风挡玻璃里严肃地向外看。

你们坐上吧，绕村子转一圈，老汉邀请。

不坐啦，我们谢辞。

毛驴抬头，仿佛闻空气有什么味道。南风捎过来草的气味，我想起西班牙诗人希梅内斯写给小灰毛驴普拉特罗的诗：“**这路边的花多美呀。许多牛啊，羊啊，还有人，从这些美丽的花旁走过。而花呢，**

仍旧立在路旁。花的一生就是春天的一生。然而普拉特罗，如果我们让这些花在秋天也为我们开放，用什么办法让它们永远鲜艳呢？”（赵振江译）

我见过爱钱财、爱肴馔以及爱珠宝的人。我也见过爱土地的人，但他们仍然把土地当作生农作物蛋的母鸡。图卜勋老人是我见到的最爱泥土的人，仅仅是土，就让他欢喜不尽。村里像蜂箱一样栽着鲜花的土，是他赶车从河边拉来的。而草原上的土，在他眼里是一片不能触碰的血肉。

我有些走神了——我所想的是——以后我们的国土会不会没有土了，被风刮跑或被河流冲入海里。土，这个最土气的词将会像矿产资源一样成为珍稀品，应了那个词——“稀土”。春天里，北京、石家庄、沈阳的人为沙尘天气所刮来的土而责怨。细密的土落在人的衣服和车上，让人烦。然而，它们仍然是珍贵的土。以后土搬家了，甚至沉入黄海，永不返回陆地。再往后，刮在人脸上和车上的全都是沙子，想见土已经见不到。这不是妄言，沙漠的风里，没有一点点土。成吉思汗陵所在的伊金霍洛旗乌兰木伦镇的 108 个自然村已经有 49 个丧失了土，地因为采煤抽水而塌陷，这些村子消失了。

图卜勋把两箱花装到车上，说送给村西的白喇嘛。驾驶楼里的猫狗把爪子搭在木箱上，花朵在它们鼻子前面摆动，使它们像在嗅花的香气。图卜勋步行，在离毛驴一米之远的地方挥着鞭子。鞭子系一根细细的鞋带，上面拴着碎布条，打上去，驴也不会觉出疼。

蔚蓝色的鸡年

往宝音霍达方向走，路过一个村子。从山坡看，村子像一个小盆景。几棵树，下面有石头。“石头”是白色的屋顶。进村，见碾盘倾斜，多少年没碾米了，石磙下方的沟槽有青苔。井边上站一头黄牛，身体向西，头转南，一动不动。有老汉晒太阳，见我过去，拍拍身边，用手掌拂上面的土，让我坐。拂去土，下面还是土，我坐。

“歇歇吧。”他说，这是牧民对外乡人的款待。“你包里装的什么？”问得有意思。我回答，“跑步鞋，换的衣服。”

“你走这么远的路，还要跑步吗？”他看我鞋和裤子上的土。

我没言语，走和跑步是两回事儿。

“你应该带上绳子，出门，绳子有用。”

说完他沉默，我松开鞋带。往西看，河流不结冰的地方，水色似黑，而冰上的旧雪被冬阳晒酥了，孔洞上落着沙尘。

“我看过一个人。”老汉说，“用烧红的铁条扎进西瓜里。”

有这样的人？疯子吧。

“是个孩子。”

噢。

“我见过洪水从高高的山上冲过来，从山顶上卷下来，前面的浪头像成千上万的野兽奔跑……”

他转过脸看我的反应。老汉眉峰隆起，鼻梁直，颧骨是圆圆的，牙床塌陷了，胡子有尖。他有七十多岁。

“我一生经历了很多事情，你呢？”

我摇摇头。

一群羊从村口走过。羊步幅小而快，光看腿，也有奔腾的意思。它们挤在一起，低头走，头羊在前面看路。

羊群走远，老人说：“人活着，有人像斧子头的一片楔子；有人像门上的折页；有人像舌头，饿不着冻不着；有人像马蹄的铁掌；有人像火盆里的灰。你看上去有一些忧虑。”

“没有。”我说，“我的生活很平静，没忧虑。”

“可你眉心聚拢，在想一件事。你是干什么的？”

“我写东西。写不好，眉心着急了。”

“写诗吗？”

“写过。”

老汉说：“你应该读《格萨尔王》，没读过吗？一看你就没读过。不读《格萨尔王》，写不出好诗。你听：

你们在有岩石的旷野围猎，
你们捕获黄羊、野驴。
你们为分黄羊和野驴的肉，
相互砍杀、分裂。

这是德·薛禅对俺巴汗的十个儿子说的话。对合不勒可汗的七个儿子，他说：

他们在有浪涛的河川围猎，
他们杀死雉鸡、野兔。
在分雉鸡和野兔的肉的时候，
他们相互祝福，然后散去。

这些诗像一顶镶着玛瑙和珊瑚的狐狸皮帽子那样漂亮。你能念念你写的诗吗？”

“我记不住。”我忘了写过的诗。

“这是不应该的事。你读过什么诗？”

“杜甫的诗。”

“他是谁？”

“唐朝的汉族诗人。”

“唐朝？读一个你不了解的人的诗，对你没什么好处。他长什么样子，他爱做什么事，他喜欢什么样的女人，你不知道，就不明白他在说什么。”沉默。翻滚的云团从浅蓝的山峦后面上升，像帝王龙椅背面斜支的大扇子。东面白花花晃眼的一片是沙漠。一群羊从山坡下来，像摊开一小块布。

从东边呀看过去，云朵茫茫，
这是千万只鸟儿唱歌的地方。
老虎和狮子跑过来跑过去，
这是家乡的山冈。

老汉唱歌，他穿的蓝布旧棉袄，袖口一圈开绽，露棉花。这首歌叫《吐固勒吉山》。

从西边呀看过去，云朵茫茫，
这是千万只鸟儿唱歌的地方。
老虎和狮子跑过来跑过去，
这是家乡的山冈。

还有两段歌词，从南边和北边看过去，其它词相同。

“为什么从四个方向看过去呢？”他问并答，“因为家乡的山，我们看不够。人这辈子就是从各个方向看山。从四个方向看，就唱四遍。歌这个东西，一遍是唱不够的。”

一遍唱不够，像在喇嘛庙点亮酥油灯，再点一盏，又一盏。

俄而，他看自己的手，看手心，再看手背，说：“我的手。”

他双手握在一起，像石雕，像两条树根从地下长到了一块儿。

“我……”他左手对着自己的脸，放下，伸右手，“这只手，掐死过一条一岁半的狼，能撅断茶缸粗的树，摸过女人乳房。”

手和乳房放在一起，真是诗。

“好啊！”他说，把手塞进腿间，问：“你带了什么礼物？”

我从包里翻出甘草杏、牛肉干和创可贴。他挑一袋甘草杏，我送两袋，他不要。

他从怀里掏出一样东西送我。

一只用木头雕刻的公鸡。硬木，一刀一刀削成。翅膀和尾巴用另外的刀，爪子上的纹用更小的刀。公鸡身上涂蓝色，像钢笔水，冠子染红。

我双手接过。他把手罩在公鸡上，说："按蒙古历，今年是蓝色的鸡年，能带来好运。"

我谢过，起身走了。过一会儿，听到歌声，沙哑，高音用细嗓子代替。回头看，老人用两手抱着膝盖，身子前后摇晃，对着对面的山歌唱。

岩画

大雁山上有岩画。

吉雅泰对我说，老师你是专家，咱们看看去吧。

专家帽子像云彩在天上飞，我哪里是什么专家？看看热闹吧。余生也早，见过克什克腾旗百岔河岩画、乌拉特中旗阴山岩画。这些画，按专家的说法，是“人类童年的记忆”，我看不出啥名堂。

我们步行前往大雁山。早上八点多，红色的萨日朗花已经开放，花瓣弯曲着，像杂技演员尽量往后弯腰，等待身边发出掌声。包拢花瓣的小黄花在萨日朗花的身子底下开放，准备托起花瓣的腰。我们顺漫坡往上走，花儿排着民间的队伍也往山上走。它们不回头。走一会儿累了，歇脚，往山下看。山坡柔缓地向远方打开，草和花的茂盛隐藏了山势的陡峭。青草像无数匹绿绸子滚到山脚下，造就宽阔的川地。这时，心里想唱宁夏花儿——站在那高山望平川，就这一句。每往山下看一眼，都想唱这句歌。我其实不会唱，这种逶迤顿挫的宁夏花儿从脑顶共鸣发出来的声音，一般人唱不来。歌像美人，想一想而已。这么好的歌词，为什么不做中国登山协会的会歌呢？

说话间，登上山顶。吉雅泰说岩画在东边。东边的山头乱石嶒嶝，从车轮大到房子大的深赭色石头突兀地摆在那里，更像是愣在山顶。石头不长草，也不挨着土，它们四分五裂地待在山头，好像刚从什么地方滚到了这里。这是山顶，它们从哪儿滚来的呢？

看！吉雅泰伸出手掌介绍：楚鲁乃觉日——蒙古语——石头的图画。在这些赭石上——专家认为这种石头含铁量高——画着树叶大的图案，多数是人形。这些人像青蛙，如缴枪的兵丁，他们举着胳膊、蹲马步。除了人，还有鹿和花朵，花形显然是对萨日朗花的摹写，花瓣用力弯曲着，但下面没小花。

这些岩画是什么年代的？我问吉雅泰。

吉雅泰偏头向天空看，好像云上有答案。专家说，匈奴时期或者新石器时期。

我笑了，这个专家看来不怎么专。匈奴跟新石器在时间上离太远了，它们并不是周一和周六的关系。

哪儿的专家？我问。

哎呀，哪儿的都有。吉雅泰手指遥远的天边，全国各地的都有。

他们一拨儿一拨儿来，还有八十多岁的专家，由人扶着走路。他们照相，摄影。岩画有被偷走的，你看。

吉雅泰指一块石头，缺了一尺见方。

电锯割的，吉雅泰说。还有拍电视的，女主持人站在这地方说话，一会儿指石头，一会儿双手放一块儿，自己跟自己握手，可能是中央电视台的吧？拍了三天。他们从牧民家一共买走二十多只羊，全吃了。

这么拉风的岩画我要好好瞧瞧。猪血般的岩石上，留下了灰白色的图案，线条流畅，笔触稚拙。我差不多变成专家了，流畅和稚拙，是评论家爱说的话。这些岩画分布在方圆三十米内的七八块岩石上。我——有人说我眼光敏锐，大约如此——发现一幅岩画半成品。这只鹿，光有两条前腿和一只尾巴，少后腿。可能创作刚入一半，敌人突袭，比如汉人来袭匈奴人、新石器人遇到旧石器人的进攻（姑且说）。岩画家掷笔从戎，甚至战死也有可能，留下了半幅画。一般说，史前人士没这么不认真的，是残酷的战事让他们中断了心爱的创作。

老师，你判断这是什么时期的岩画？吉雅泰问。

唔，我用手摸了摸岩画，说，我看跟红山文化属一个时期。

太好了，吉雅泰说，我用手机记下老师的观点，告诉旗文化馆。

别，你告诉了他们，我还得写论文。我摸着石头像，以前我给别人接过骨。

吉雅泰听不懂这些玩笑话，用短信记录。

“啪、啪”，大雨点摔在石头上，听得清响声。石壁开放一朵一朵颜色更深的花，图案更清晰。

头顶晴空，哪来的雨呢？吉雅泰指北侧山下，铁灰色的浓云匍匐而来，和落叶松林接上了。下山吧，他说。

我跟他急匆匆下山，奔一个孤零零石片垒的房子而去。进了这间房子，衣服全湿透了。

石房子是一位老羊倌的家，他叫虎其吐，眉梢各有一点眉毛，这是长寿的象征。吉雅泰跟他熟悉，牧区干部几乎认识每一位牧民，不容易。

虎其吐老人用干松枝拢火，松香味随毕剥声弥漫屋里。他有八十岁，目光灵活，也清澈。我拿香烟递他。

他双手接过，说好烟呐。

我说旗里领导送的，我没花钱。

吉雅泰介绍——鲍尔吉。他站起身，啊，黄金家族啊！

我起身还礼，说不敢当。

虎其吐听说我来看岩画，说，你真喜欢这个吗?

我说不懂，看一看。像城里专卖店门口女孩拍手说的，随便看一看啦。

老汉看了我一会儿，他眼光里有孩童式的顽皮，或者说带一点点嘲讽。

他说，我看你是诚实的人，我要告诉你实话。

我和吉雅泰光着膀子，拎衣服烤，不知他要说什么实话。

老汉拿树枝拢火，说，那些岩画是我画的。

他画的? 我不知所措，吉雅泰眼珠几乎要滚出来掉到火堆里。我们邂逅了一位史前岩画作者——嗯?

他见我们不信，搬来一个木箱，哗啦扣地上。里面有凿子、锤子和灰白的石块。

他说，先用凿子凿出花纹，人的花、鹿的花，再用石头在花纹上蹭，岩画——他摊开一只手，另一只手握着凿子——就出来了。

他看我们还是不信，从炕头的白毡子底下拿出两块赭石片，石上有青蛙式的小人和鹿形。我画的，虎其吐老人用皴裂的手指点自己鼻子。

我俩拿过石片看，和山上的一模一样。老汉又拿出一块石片，在地上凿——咔咔咔，圆形的头；咔咔，两个白点是眼睛；咔——，接下的方形是身子、胳膊。

我倒抽了一口气。世上固然有许许多多人所不知的秘密，但眼前这个秘密太出人意料了。

您是岩画爱好者吗？我问。我不好意思管他叫骗子。

不爱好，老汉摇头，是没办法。

什么没办法？

真的岩画，我们这里有，老汉拍地面。有人炸，有人用电锯割。没办法，我弄假的掩护真的。

外边雨停了，虎其吐老汉领我们上山。老汉拿小铲子在一块石头下挖土，挖了约有一尺深，石壁露出湿润的岩画，图案跟山那边的差不多。如果一定要比较，我只好说这个看着更真实。

这是真的岩画，老汉说。真的不多了。我从山下背土，背烂了两个筐，统共有一百多筐土吧，把这些岩画埋上了。堆上土，踩结实，过半个月就长草了。我最怕下大雨，土冲跑了，岩画又露出来，还得背土。

你保护岩画是为了什么？我问。

岩画是有灵魂的，他诚恳地说。岩画的灵魂夜里出来溜达，有人见过的。土埋着也不影响他们溜达。这些人古代生活在这个地方，死后，灵魂被吸在石头上。他们想看看河水，看看草地上的花，闻闻牛粪的味。月亮下面，羊群在圈里互相挤着，可好看了。鱼在河里跳，像有人一样。这些灵魂看了这些东西，心里不惦记了，回山上接着睡觉。外边的人拿炸药炸下来的岩画卖钱，电锯割，灵魂受不了，会给这儿带来灾难。

我们走到山头那边——我称之为虎其吐岩画工作室，他的作品被雨浇过，愈发稚拙。他拿烟袋锅指缺肢的鹿说，还缺两条腿。我腰疼，要不早把腿画上了。

吉雅泰对老汉说，鲍尔吉老师是好人，不会把这个事说出去，你别再告诉别人了。

我听懂了吉雅泰的意思，说你放心，我不会告诉别人。

吉雅泰说，我们正准备申请世界物质文化遗产。

我说祝你们申遗成功。

老汉听不懂什么是申遗，看看我，再看看吉雅泰，笑着说，成功了，什么都好了。

我摸摸老汉的画，心里说，我摸到了人类物质文化非遗产，遗产在土里埋着呢。我问他，你画的岩画没有灵魂吗？会不会半夜到处走？

嘻嘻，他打开一双手，笑得露出稀稀落落的牙齿。我的手，抓牛粪、给羊接生，怎么能画出有灵魂的东西呢？

从公社后面的护岸林往西看，是一片原始次生林。那天晚上，爽净的夕阳斜射下来，树林挂上了金子汁。落叶松站在湖泊边上，像为远航者招手送行。它们个个披着金色流苏的斗蓬，笔直站立。湖水在光线奇妙的安排下，变成孔雀蓝，上面有一道道浮萍。松树金色的倒影被绿萍遮挡间或露出，真应了那个词——壮丽。壮丽都在自然界，而非人间。

走过去，站在树下观湖。湖水变成清清的白水，而漂萍借夕阳的光线镀一层金红。林间行走，鞋底有绵软的腐殖土。我伸手往地下掏，一尺以下还有铁锈色的松针，烫手，散出一股氨水的气味。

隔不远的松树上挂一个木头小房子，麻绳拴的，里边絮着牙签那么细的树枝，鸟窝。

牧区没见过这种人工设置的鸟窝，德国斯图加特的大树常挂这种木头房子，也在路边。这儿的鸟窝是谁设置的呢？

然而草原少有德国那些在树林里散步的人。在斯图加特山上，方圆五十多公里的森林里，哪一个角落均可见到跑步、骑车或散步的人。他们脸上带着笑容，如演员上场一样从树后闪出，倏而消失，回到格林兄弟童话第 87 页中。

夕阳照在这里的每一棵松树上，毫无偏私。树身下端的松针砖红色，干枯了，树顶仍然青翠，此刻染一层漆色线似的红色。

前面有两个小伙子走过，我用汉语向他们问好。高个子小伙儿遗憾地摊开手，他不懂汉语，用英语和我对话。我觉得幽默，我的意思是在偏远的乌兰扎德嘎的草原上，路人不懂汉语不算奇怪，但用英语应答，显得逗。我之“英格”，并不“力士”，只好说 Good-bye，他们笑了，好像我搞笑。

回乡里，我问吉雅泰，此地不懂汉语懂英语的人多吗？吉雅泰摇头，说那是印度，这里没有。我说遇到两个小伙子，胸背挺直，像服过兵役，穿很高级的皮鞋，讲英语。

吉雅泰翻白眼想半天没结果。他打电话，手比划脚下的鞋，又比划腰板。吉雅泰就这么纯朴，估计他正跟村里人打听“直腰板、穿皮鞋，说英语的人”。

嗨，图瓦的人，吉雅泰告诉我。

我问，是俄罗斯南西伯利亚的图瓦，还是新疆的图瓦？

俄罗斯的图瓦。吉雅泰说，两个图瓦留学生，在呼和浩特的大学学习，假期到咱们这儿搞调查。

我说好嘛，我要接见一下他们。

吉雅泰用他的大阳摩托把我驮到葱村，到达图瓦大学生住的牧民家。他们俩都在家，一人叫巴特，一人叫瓦申克，都会说纯熟的蒙古语。他俩坐着笑，细长眼睛堆起小肉眼泡儿，这是突厥式相貌特征。巴特说，他俩毕业于俄联邦图瓦自治共和国的克孜勒大学。他学德语，瓦申克学兽医学。毕业了，一起到中国内蒙古留学。

到中国学什么？我问。

我学作曲，巴特说，瓦申克学习古代蒙古文。

瓦申克说，巴特的爸爸是我们图瓦国的总统。

巴特指瓦申克，他爸爸有驯鹿群。他姐姐结婚那天，他爸爸请两千多人吃饭。雇中国人用铁锹在大锅炒菜，特别气派。我哥哥结婚，我爸爸只请 30 个人吃饭。

我问，你爸爸是总统，来客多对他形象不好，对吗？

巴特回答，请到的人越多形象越好，我们的婚礼不收礼金。我爸爸挣钱少，总统挣不到太多钱，跟同等工龄的警察挣的钱一样多，没医生挣得多，更没他爸爸有钱。

我问瓦申克，你爸爸在婚礼上请的人都是亲戚朋友吗?

亲戚的亲戚，朋友的朋友。瓦申克说，提前三个月就告诉他们了。有人赶牛车从蒙古国乔巴山过来，有人从布利亚特国的贝加尔湖西岸那边来。

为参加你姐姐的婚礼?

对嘛，瓦申克自豪地回答。

我参加了婚礼，巴特说，两千多人，在山坡下一个圆圈儿一个圆圈儿坐着吃肉喝酒。啊，婚礼上的人根本望不到边，到处都是人。我们借中国工地的手推车垫上塑料布装洋葱炒肉、烤羊腿，运来运去。白酒装在白塑料桶里，用大碗舀出来喝。

简直是格萨尔王的史诗。我问，什么人围在一起吃喝?

一家人呗。巴特回答，随便啦，想和什么人在一起就在一起。坐在草地上，喝多了躺一会儿，一直吃到第二天早上。

这真叫狂欢。有人送礼物吗?我问。

有。瓦申克说，有什么送什么，送马的，送珊瑚珠，也有送酒的，都喝了。

不送礼物会不会窘迫?

没有，瓦申克说，大家快乐跟送东西没关系。

巴特说，他爸爸领着女儿女婿，自豪地跟每一圈儿的人碰杯，接受别人的祝福，一共醉了五次。

五次?

就是躺地上睡了五次。休息一下，起来再和别人碰杯。巴特问瓦申克，你爸爸一共跟多少人碰了杯?

瓦申克说，一千多人吧。

太厉害了。我说，宴会一共花了多少钱?

不知道，瓦申克说，我爸爸也不知道。婚礼的肉啊、菜、酒啊、盘子碗和直径一米五的中国铁锅都是克孜勒一家公司提供的。婚礼结束后，他们把我家的鹿都赶走了。

你爸爸又穷了？我问。

不穷，瓦申克奇怪地看我，他还有房子和三头奶牛。他养鹿就是为我姐姐举办婚礼。

这个胸怀，一般人比不了。我问巴特，总统先生参加他姐姐的婚礼了吗？

巴特拘束地说，参加了，他喝醉了，睡了三天才醒过来。

总统先生带礼物了吗？我问。

带了，送给瓦申克爸爸一个德国产的打火机，巴特说。我爸爸是柏林大学的哲学博士，当过教授。他当总统是为国家服务，像服兵役一样，这是议会的意志。在我们国家，谁也不能违背议会的决议，当然普京例外。

你们到这里做什么？我问。

我们来收集蒙古族人爷爷的名字，他们俩的表情很得意。

爷爷的名字？我说没听明白。

巴特说，有人不知道自己爷爷的名字，这是可耻的事情。蒙古族人尊敬老人，都记得自己爷爷的名字。好多人的爷爷还活着，并记得自己爷爷的名字。我们要出版一本书，叫《爷爷们》。按着几条大河流的走向，按户调查记录。我们调查到的爷爷们大约是 1890 年到 1960 年出生的人。他们的名字、出生年月和居住地组成一个词条，按字母顺序排列。我们已经在德国出版了第一册——《额尔古纳河流域的爷爷们》。其实，每个男人最后都变成了爷爷。记录了他们的名字，就记下了名字里的文化史。

我觉得这个调查包含着有趣的信息，虽然我不知道趣味在哪里。我问，你们调查的学术意义是什么？

保留蒙古族人的传统，巴特说。你看，1910年到1940年出生的东部蒙古族人的姓名有许多藏语名字，这是受藏传佛教的影响，桑布、敖日布、尼玛、玛希，太多了。有满语，跟清朝有关系，肖昌阿、益昌嘎、德德玛，都是满语的名字。还有突厥语，巴特——我的名字就是突厥语。也有波斯语，胡格吉胡——这是从元朝传过来的波斯语名字。这些名字的语意和时代性都是非物质文化遗存，再过一百年就有用了。

瓦申克说，姓名还有词源学的信息，记录现代蒙古语的来源。比如乌兰，来自古日耳曼语。名字里还有匈奴语，跟现在匈牙利的马扎尔语近似。姓名还有博物学信息，姓名记录着过去的山川和湖泊的名字，工具、兵器和法器的名字。核心价值在于注释，我们不具备注释的学识。中国学者知道的也不算多，我们请德国的蒙古学教授做注释。

你们在这里还做什么？我问。

瓦申克说，搜集民歌，告诉牧民每天晒十五分钟的太阳，这是世界卫生组织最新发布的卫生提示。劝牧民戒烟，他们如果戒了烟，送他们一头牛犊。

谁出钱？

巴特出钱，瓦申克说。巴特的呼麦唱片在英国卖得很好。他的帐户每年都打进来五六千欧元。

唱一首呼麦吧，我说。

巴特瞟一眼瓦申克，他俩几乎同时哼唱一首歌曲，用呼麦。巴特唱高音和中音两个声部。瓦申克唱低音声部。他们手拍胸脯确立节奏。歌声很优美，有一点点忧伤。巴特说，这首歌名字叫《呼和浩特的小鸟》。

树林里的鸟笼是你们放的吧?

是的，瓦申克回答。有的小鸟从树顶的窝里掉下来，被喜鹊吃掉了。路过的人遇到雏鸟，拣起来放进人工窝里，它们就活了。

喜鹊吃小鸟吗？我奇怪。

哎呀！吉雅泰说，喜鹊还吃水里的青蛙呢，它爱吃肉。

巴特说，树上的小鸟握不紧窝里的树枝，会掉下来。它们没长翅膀，飞不了，也不会觅食。小鸟的爸爸妈妈急得叽叽叫。喜鹊、蛇都会吃掉它。人工的鸟窝是救护站。爸爸妈妈叼虫子喂它们，半个月，它们就飞走了。

飞到了呼和浩特，我说。对对，他们说着笑了。

银匠

我来到乌兰扎德嘎草原，苏木（乡）里陪我的副苏木达（副乡长）吉雅泰很惶恐。他惶恐不是由于我矫情，我——用他的话说比老百姓还朴实呢。吉雅泰觉得记者（他认为我长得像记者）不朴实才对。

我问他这种印象从哪儿得来?

吉雅泰说，苏木书记接待过市报的三个记者。记者戴眼镜，走路背着手，很气派。

吉雅泰说，他们喝酒能讲出三个多小时的话，介绍国家形势。

乡长能听懂他讲话吗?

哎呀，可能也听不懂，乡长原来是兽医。记者滔滔不绝，没等你听懂，人家说完了。

我问记者还有哪些不寻常?

吉雅泰说，记者嘛，就是领导。乡长酒没喝干，他们掐乡长脖子灌下去。记者说你们这个地方太落后，喝完酒没有练歌房洗浴中心，太落后了。

吉雅泰叹气，拿牙把衣服上露出的线头咬掉。

我说我在这里待得很高兴，比城里好。

你还想见什么人吗? 吉雅泰问。

我说我想见一些特殊的人。

吉雅泰陷入深思。他摸自己的脸，巴掌从眉毛往面颊捋下来，嘴里嘟囔着什么。他突然问，有肾结石算不算特殊的人?

我一愣，说肾结石患者算特殊的人，但这不是技艺。

他说有技艺的人多了。给羊治病的人，吹笛子的人。绍冷村有一个人，煮羊不放水，在大锅里干熬。他用肥羊身上的油把羊肉做熟了，特好吃。我们去绍冷村吧？

你们这的人还有什么技艺？

吉雅泰又深思，还有的话，就不厉害了，会做靴子的人，给树嫁接的人。我们这里有一个银匠。

银匠？这几乎是一个古代的行业。他打什么？我问。

吉雅泰似乎对银匠不那么重视，说，银匠打银碗、银戒指。还有什么？掏耳勺，都是小玩意儿。

咱们去看看吧，我说。

第二天早上，吉雅泰弄来一辆驴车。那地方有沙漠，不通汽车。他知道我骑不了马。

驴车里面铺着红花绿叶的棉被当座垫。吉雅泰赶车，我坐在车上观赏风景。牧区的干部真是纯朴，吉雅泰虽然大学毕业（学医），身穿时尚T恤衫，但还会赶驴车。这里官民差距不大。

草原上的草刚刚晒干了露水，花儿还没完全打开自己的朵，像刚刚睡醒，藏在草叶的身影下。远看，草原平坦得没有起伏，但深绿的草长在凹地，高高举着红穗子的草在高处。野花好像越远处越多，待走过去回头，觉得野花还是原来的地方多。驴车走了十多里路，空气中青草味浓烈。草深了，车轱辘压碎草茎散发气味。天空宽阔得连一只鸟儿都没有。

进沙漠，我下车走。吉雅泰说你不要下车，车轻，毛驴使不上劲。

我又上了车，心里说对不起了毛驴，你就把我当记者吧。吉雅泰步行。沙漠如泥沼一样，脚踩下去，流沙淹没鞋。拔出脚，另一只脚又陷进去了。风在沙丘脊背刮出柔和的刀锋一样的曲线，上面有野兔蹬出的很深的脚窟窿。

到山峰，山下有一个绿树遮蔽的村子，七八户民居。

那就是银匠的村子，贵力思台村民组，有山杏的地方，吉雅泰说。及近，柳树的荫凉地有一群鸡挑蚂蚱吃，斑驳的树身钻出细绿枝，像一脸胡子的维吾尔族老人。

那家，吉雅泰用鞭子指。

一座土房子前，几个人手搭凉棚朝这边看。我们到了跟前，他们转身回屋里。驴车进了院子，他们再次出屋，脸上全有谦恭的笑容。老汉在前边，七十多岁，估计是银匠。炎热的夏天，他穿一件厚厚的毛哔叽中山服，一看就是为迎接贵客而穿。他身后的蒙古族老太太前额的皱纹顺眉毛一根一根向外舒展，像草叶一样，这是常年笑出来的结果，格外慈祥。

吉雅泰介绍，银匠，云登扎布。这是记者老师。

云登老人双手捧过来我的手，上屋吧。

我一迈脚进屋就闻出他们杀羊了，又一只羊成了记者的牺牲品。

屋里地面洒了清水，扫过，门帘子是新换的花布，一只小猫在堆积的农具上惊讶地看我。炕桌摆满奶豆腐、黄油、炒米和切成薄片的羊肉。每见到这场面，我心里总是愧疚。他们为什么为素不相识的人破费？农牧民总是觉得欠城里人的，其实是城里人欠他们。大家坐下，气氛庄严。银匠云登坐在一只三脚圆凳上，双手抚膝，仿佛接受我的考试。吉雅泰介绍：云登扎布老汉是闻名十里八村的银匠，他打的银首饰、银碗和银烟袋锅很受群众欢迎。

银匠用蒙古语提示：我去通辽讲过课。

对，吉雅泰说，云登上通辽讲过课。讲什么来着？你自己说吧，咱们喝茶。

银匠手指墙，用笨拙的汉语说，那是我跟旗长的合影。

墙上挂一幅放大的黑白照片，镶框。

他说，我们苏木没有人跟旗长合过影，只有我自己。吉雅泰白他一眼，苏木干部跟旗领导都合过影，怎么说是你自己？

牧民只有我自己，云登说。我这个银匠已经干了四十年了。我师父扎木彦是和他师父白龙学的，白龙是和他师父小桑布学的，小桑布是锡林郭勒王爷的银匠。

云登头上开始冒汗，他用眼神询问吉雅泰。

吉雅泰一边吃羊肉一边说，脱了吧，你的礼服是冬天穿的。

银匠脱下中山服，身上剩个带许多小窟窿眼的白背心，上印红字：海日苏灌渠大会战——1972。他接着说，我到通辽的大学讲过课，说银首饰的花样，四十多人听过我的课。

我等他往下说，银匠沉默了。

后来呢？我问。

他疑惑地看我，没有了，讲完课我回来了。

我说看看你的作品吧。

他拿出一个蓝布包袱，打开，白花花的银器像对着人笑。一对银碗，银片镶在带花纹的榆木碗上。两枚银扳指，一只银烟袋锅。云登打造的纹饰十分古老，我觉得里面有匈奴人的的遗韵。内蒙古自治区博物馆的“虎衔羊银饰牌”就是这样的纹样。花纹里有动物变形，也可以说云彩纹里藏着动物的眼睛和牙齿，这是匈奴人的创造。

这都是别人订做的，云登说。

我明白。银匠没有多余的资金打作品。他家北墙放三节红漆箱子，漆已剥落，木头炕沿向外倾斜，该换了。

我说完了，吃饭吧。银匠换上了轻松的笑容。

他灵巧地上了炕，大盆的羊肉端上来，热气腾腾，闷在烧水铝壶里的白酒也冒着热气。云登和吉雅泰像玩魔方那样用手转着骨头啃，流利地用蒙古语交换对天气和庄稼的看法。

我觉得对银匠的作品看到得太少，问，你还有银东西吗?

云登翻眼珠想，他手指有油，用腕子擦额头的汗。噢，有的。他下炕，拿毛巾擦擦手，从箱子里翻出一只盘子和一个证书。

盘子像不锈钢的，上面刻一棵大椰枣树，下面一行环形的阿拉伯文，盘子有 1 公斤重。

云登说，我给锦州的商人做了个全银的马鞍，他卖到外国，给我一只盘子和证书。

证书上有一幅彩色照片，一副马鞍，极为华美，如古代君王的墓葬。

证书说什么？我问。

不知道，云登说。

意思就是收到了，吉雅泰说。他们俩哈哈大笑。

我用手机的翻译功能费劲巴力译出证书的大概内容。

证书说：云登的银马鞍已被阿布扎比的穆法塔酋长收藏，他专门为马鞍盖了一座盐晶的房子。酋长在遗嘱中写下，死后要把银马鞍捐给联合国教科文组织。酋长向云登先生致以敬意并欢迎他到阿布扎比定居。赠送一只白金盘子，上面刻制云登姓名，酋长签名。

看完这个证书，我惊呆了。再看一下日期，2004 年。我问，你怎么得到的这个盘子?

商人寄来的。

他说到证书的内容吗?

商人不懂英文，他说盘子是锡的，别靠近火。

我不知怎样向他说明这件事，他们问怎么了?

我说，你的银马鞍成了外国的国宝，这个盘子是白金的。

他俩惊愕地相视，一起哈哈大笑，说，巴拉根仓的故事。巴拉根仓是蒙古族人中阿凡提式的机智人物，意谓这是个玩笑。

我说这是真的。

吉雅泰用指头弹弹盘子，在耳边听。云登对着阳光看证书。他们怀疑地看我。

确实是真的，外国人没骗你们。

云登嗖地下炕，穿上毛哔叽礼服，抱着盘子说，记者，你给我照个相。这玩意儿在箱子里放六七年了，一直没用。

我给他照了相，告诉银匠好好保管盘子和证书。我不能说太多，怕他们睡不好觉。

那天晚上我先睡了。云登和吉雅泰还在热烈地讨论，后来唱起歌来。

草木不会白白长在这里

其木德道尔吉已死去三十多年，他坟边的柳树年年都在长。柳树从粗黑的树桩里抽出浅绿的柔枝，在草尖上方摇摆，像拎一只看不见的灯笼。牧民说这里原来没有树，是一片草甸子。其木德道尔吉被埋到地里之后，长出柳树。牧民问我，这说明什么？我回答，其木德道尔吉在地下写诗呢。柳树的叶子像一片片小刀，像他的诗——美含着锋利。

在古罗马，一个诗人的名声先在民众中流传，尔后被官方知悉。伟大诗人的诗在民间有生命力，妇女、儿童和老人不知不觉地背诵他的诗，并以会背诵他的诗为荣。这种情形古今都不多见。唐代蜀地的老百姓也没几个人会背李白的诗。李白的诗大体上仍为文人所读所知，跟老百姓关系不大。其木德道尔吉的诗，如今还在蒙古族老百姓的口中流传，他们觉得这些诗是珍宝，高于语言之上。

牧民们说起诗人哈哈大笑，其木德道尔吉，哈哈哈！笑声透露出赞美和敬佩。他的诗用蒙古文书写，一语双关，精巧难料。好诗是一种奇迹，好像是被诗人偶然抓住的妙句。他凑巧抓到的妙句太多了，牧民珍惜这些诗，喝酒的时候，吟诗赏析。其木德道尔吉的诗全然不是蠢货写的仅仅押韵的分行之物。蒙古诗不押尾韵，只押头韵，这就难倒了很多人。而他写诗一点不为难，如儿童玩耍，清风拂面，应了那句形容艺术品最高境界的成语——自然而然。

我的老师安谧是优秀的诗人，说到其木德道尔吉，他眼里每每闪出亮光，心想往之。安谧瘫痪失语在病床上躺了十几年，头脑和听力都清楚。我最后一次看他，聊起百年间中国诗人，说谁谁、谁谁谁，他没表情。说到艾青的时候，他眼睛亮了一下。说到昌耀和牛汉，他眼睛大亮。我说其木德道尔吉，他转过头对我笑，像感谢我说出这个名字。安谧能说话的时候，说其木德道尔吉的幽默、智慧与才华如喷泉一样时时刻刻喷发，所有的人都喜欢他。安谧老师躺着生活了十几年，他想的事情仅仅是：什么是诗，什么是诗人？诗和诗人的单子在他脑子里越删越少，可能从几千页、几百页删到最后一页了。我问：您最喜欢的诗人还是惠特曼吗？他眨眼。我说第二个是昌耀！他满意地眨眼。我说第三个是其木德道尔吉，他在纸上写：“对。没有了。我的诗不好。”

安谧的诗很好，他的《金针花》和《手》多好，但他不满意。安谧老师喜欢把民主意识和纯美熔冶一炉的诗，喜欢诚实的诗。老天爷没给他更多写诗的机会。

---

* 其木德道尔吉（1924～1980）当代蒙古族诗人、剧作家。

其木德道尔吉比巴拉根仓更幽默。他的诗有艾特玛托夫式的细腻和母性之美。他是不需要编剧给他写脚本的喜剧之王或蒙古语言之王，他继承了编剧《江格尔》的高贵秉赋，他的诗不过时。

其木德道尔吉的墓地在他家乡——赤峰市巴林右旗夏波尔台苏木的乌兰敖都生产队。墓简陋，边上长几棵柳树。我有时想，柳树会不会知道其木德道尔吉是一个诗人？我是说，墓边的草木浸入一些特别的东西。草木会被躺在地下的其木德道尔吉逗得哈哈大笑，草在风里摇摆是它们笑的样子，它们不会白白长在这里。

长城之外的草香

——读《席慕蓉和她的内蒙古》所记的随感

一次聊天，朋友说："日本人为什么喜欢哭呢？你看小泽征尔，说说就哭了。"

我不知小泽何以哭，知其父与两个侵华主将是朋友：板垣征四郎和石原莞尔，于是"征尔"。后来想这句话，感觉东北亚民族，具体说是阿尔泰语系的人们常常会流泪。朝鲜族人，日本人，还有蒙古族人。从他们的歌声里能听出悲伤。这几天读一本诗文摄影集，《席慕蓉和她的内蒙古》，目睹许多故乡的景物。读着，泪水倏然落下，想起了朋友那句话。想，泪水跑出来看这些画面，这也是我的内蒙古，虽然**"就这样一直走下去罢 / 不许流泪　不许回头 / 在英雄的传记里　我们 / 从来不说他的软弱和忧愁"**。（席慕蓉：《祖训》）

1

一群孩子向我们招手。

如实说，他们向摄影者招手。我看这些手，像看他们的脸。有的手羞涩，有的手大胆。有的孩子像上课发言那样举手，而他像敬礼，他在击掌，他在模仿别人伸出了手。

这些手的手心白，手背黑。它们牵马，摸土，捧石块堆敖包上，拣牛粪回家晾干。这些手长大什么样？就像我在另一张图片看到的：一群人站在土路边上迎接客人。一个女人平端葱心绿带桃红滚边的蒙古袍，她的手弯回去攥衣服，骨节突出。另一个女人用海青色的哈达包着白瓷的酒瓶和镶银边的木碗。这些手黝黑，人不过三十多岁，手已经老了，就像这一片土地老了。有沙子的土地，野菜比草还多。

迎宾的队伍很长，站在车辙边上。一个孩子怕自己探出队伍，反手抱住大人的腿，而小狗大模大样站在路中央，眼上方有神气的斑点。

这是给谁的蒙古袍？给一个游子——席慕蓉。**“在‘故乡’这座课堂里/我既没有学籍也没有课本/只能是个迟到的旁听生。”**（席慕蓉：《旁听生》）

我看到十五六个用手笑的孩子，那件折叠的（诺日古拉的）蒙古袍有多么贵重。

2

白桦林要演出了，她们在候场。

如果树会唱歌，最先唱的是白桦林。

她们合唱。唱河水呀，云彩呀，还有小松鼠蹦蹦跳跳，藏不住后边的尾巴。

在树里面，桦树像准备奔赴一个地方，什么地方？

我小时候，我爸坐炕头晃着身子唱一支歌：“**高高的山上/流下一道清泉/清泉里的水呀/明亮又清澈/啊咴 清泉的水呀/灌溉着草原/草原的人们/幸福又快乐。**”

我印象深的，是他唱“水呀”。我爸因为支气管粘连，“水呀”嘶哑。

“水呀”是蒙古族人的命根子。而今草原沙化，到哪里去“水呀”呢？

白桦树想去的地方是我爸唱的那个地方。吾父唱出一个生态链条。山→水→草原→人。

我小时候想，“幸福又快乐”谓之何义？幸福不就是快乐吗？非，幸福指一个大环境，快乐乃我等心里面小小的欢愉。

白桦树把裙子拎过脚踝，准备过河了，去一个地方，好地方。

3

西拉沐沦河如同脱去衣服洗澡的巨人，肌肤比鱼还白，露出波浪的肋骨。后来它睡着了，水鸟喊都喊不醒。

八只水鸟有红红的脚蹼，六只翅膀向下，两只向上，像拉满的、放松的弓，箭呢？

4

像向日葵那样黄，像凡·高饮苦艾酒吸雪茄烟造成精神错乱之后想象出的黄，像蜜蜂从花蕊里刚拔出的马裤般的大腿那样黄，像月亮喝过菊花酒于黄昏时分的黄——这是大兴安岭的落叶松林。

有一句歌词叫“金色的兴安岭”。小时候，我想：兴安岭怎么会是金色的呢？今天见到了。

是说秋天，说雨后，说灰蓝的群山像父亲一般照看这片落叶松林。香奈尔一支香水叫“5号”，不是第五款，她的幸运数字是“5”。香奈尔给自己起个名儿叫“可可”。可可说5号香水代表着北欧白夜的气味。我情愿告诉可可，去金色的兴安岭采集落叶松的香气吧，创造一款新香水。可惜她死了。临死前，香奈尔对佣人说：“你见过人死亡吗？我今天就让你见到。”然后谢世。

“兴安”是蒙古语，再往前也许是突厥语，我不懂。这是一个好词。

兴安，芳香的、泥土的、松针腐烂的、小鸟作窝的、宽展的、吉祥的名字。兴安！

5

一杯酒，洒在草原上。照片里的酒浆如同几十枚银币叠加滑落，小小的酒盅怎么能盛下这么多酒呢？

内蒙古的土地经常会遇到酒，因为祖先、森林、河流和亲人的缘故。

6

他们戴着解放帽。

这是解放军当年戴的制式军帽，后来老百姓也戴。在那个年代，一切人都戴这种帽子。

后来，越南战士、高棉的波尔布特的战士、尼泊尔“毛主义”战士、墨西哥的“副司令马科斯”的持木头枪的战士都戴这种帽子。

察哈尔牧人戴解放帽，穿蒙古袍，站在敖包前祭拜。女人戴护士的帽子或头巾。

那是 1989 年。

7

通戈拉格唱歌了，她的身影拉得很长，比身高长一倍，这应该是上午 9 点多钟；春天，草刚长出来。远处的砖房还没有开窗。

通戈拉格用尖细的童声唱察哈尔民歌。在牧区，如果两个蒙古族孩子在一起唱歌，会唱出和声，我对此不理解。和声需要专业培训，需要有人写配器，小孩怎么会无由地唱出和声呢？但确实听到过。

就《乌尤黛》这首歌而言，次序的乐句几乎是上一句的和声。结实而单纯的旋律，像一个花梨木的架子，可以放上去很多东西。但这个事不太容易说得清楚。

8

蝴蝶落在没有开放的桔梗花上。蝴蝶好像对花说：“开不开？你不开我开，比你鲜艳。”

我忍不住想批评这只蝴蝶，太骄傲。

桔梗花有蓝色和白色的花朵，五角对称旋转。在英文里，桔梗叫“balloon flower”，直译为气球花。桔梗花瓣有鲜明的纹路，比杨树叶子的脉络还清晰。而落在花上的蝴蝶的翅膀纹路更清晰。它们俩可能正在比对纹路。

《桔梗谣》是朝鲜民歌，原产地江原道，后来传遍世界。桔梗的根粗壮淡黄，是东北人爱吃的朝鲜小菜的原料。桔梗的中药药性为宣肺祛痰，而蝴蝶没什么药性。

我小时候听说，如果用捉蝴蝶的手捉东西吃，翅膀上的粉会让人哑巴，

哇!

9

马站在浅浅的河水里，水流过，围绕碎银子的水花。

马喝水，而小马吮吸它的奶。

小马像刚生出来，尾巴带着波浪，鬃毛也卷曲。

锡白色母马的鬃毛，黑黑地披散下，遮住了眼睛。其它的马在看小马吃奶，这是庄严的仪式。

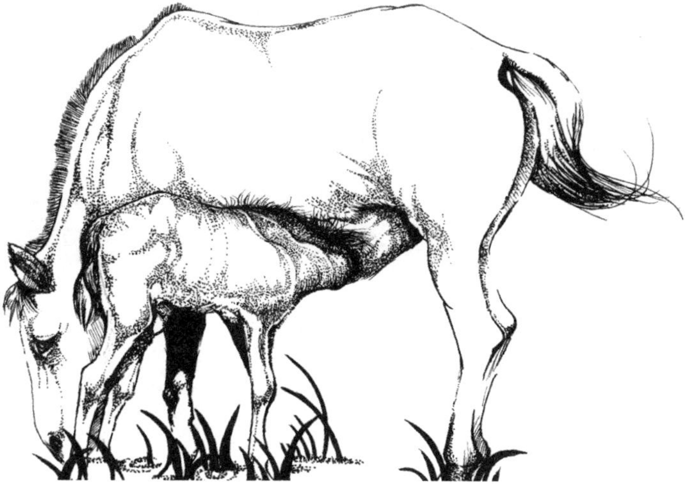

动物的母亲没有糖果，没有玩具和新衣裳，只有奶水，而母爱比人质朴。

10

元上都是一座大城市，马克·波罗说它是“中华帝国”最美丽的都市，宫殿巍峨华丽，而今已荡然无存。

这地方的“羊群庙石雕像”，纯朴华美。

一个石人坐在交椅上，肩膀上刻着回环的缠枝花纹。这些枝条的绕转方向有两种手性，右手性与左手性。

植物学所说的手性（chirality）指植物生长的旋转方向。贝壳、人和动物的毛发和人的指纹都有手性。

“任何一个非对称生长因子都会导致螺旋的产生，如果螺旋达到一定程度，植物就不可避免地出现旋转，其原因永远是某种不等量生长。”（库克，《生命的曲线》）

藤缠树一般是右手性，啤酒花是左手性，DNA的双螺旋也是右手性。

石人的脑袋没了，手里捧的东西也被凿掉，最奇怪的是他从肥硕的袍子里探出两只小而尖的脚。

11

哈——扎布，你看他的手掌，软而厚，平日藏在蒙古袍的袖子里，唱歌时才拿出来。

“拿”是拿出歌声和一切好东西。

他说：“面对死亡，我并不惧怕。此刻，我的心情就像佩戴银鞍子的骏马，兴高采烈地往前走呢。”

大师的话。

从中世纪以来，好像来自民间的艺术大师已经没有了，哈扎布却是一位。他的歌声，哪里是歌声？承载着蒙古族人的所有。

席慕蓉诗：

“我折叠着我的爱 / 我的爱也折叠着我 / 我的折叠着的爱 / 像草原上的长河那样宛转曲折 / 遂将我层层地折叠起来。”（《我折叠着我的爱》）

说尽了哈扎布的歌声。

歌王哈扎布（1922-2005）

12

想，水晶在指尖光芒晕眩，而蝴蝶也盯着指尖。我只好举着这只手指，走了很远的路。

想，羚羊站在山冈，灌木角拆散流云。

想，野花对谁扬起了脸庞？白的、蓝的脸，也有红脸，它们目不转睛。

接下来想，从羚羊之崖的上方，流水冲桃花，岸坍漂过整株桃树。坐轿子的桃树戴着花朵，左顾右盼，宛在水中央。

白雾止息了野百合与田鼠的对决，夜的蟒衣披在每一棵树上，深邃千里。这像我对故乡的印象，尤其在杜康之后。

13

越过巴丹吉林沙漠，到达曼德拉山，会看到史前岩画。

人们研究它的年代、作者、主旨，我关心的只有一件事：颜料。

什么颜料几万年不褪色？画的内容，我认为很容易理解。你看，这个丰满的人的肚子里还有一个小孩，说明她是母亲。她胸前一边点一个点儿，乳房，当然是母亲。骆驼双峰之间有一个太阳，是什么？有诗为证：大漠落日圆。

它们如儿童的画作。人类的儿童时期的画，稚拙、快乐。在镀银一般的宝蓝的岩石上，刻画橙黄的线条。人家早就知道橙是蓝的对比色，两者搭配舒服。

14

所谓树桩，是被斩首的树，是树的遗骨或开裂的冢。

树桩都很粗，年轮湮灭，长满苔藓。而它身边尚细的白桦树，像拉着手的儿童，惊恐地看树桩，不肯离去。

或说，树桩是祖母干瘪下垂的乳房，是悬崖上被蒙住眼睛的骆驼。

我见过老死、完整的树，在四川海螺沟。巨大的、活了几千年的树老死了，倒在林中，而身上有许多生物，小虫呀、蜘蛛啊，老寿星多么幸福。

在我老家，过去有挺多林场——林的屠宰场。现在没了，因为没树了。人们扛着电锯、唱着歌儿，杀伐那些粗的、直的、好的树。伐树的“伐”字其实挺可怕，比军阀的“阀”吓人。树没了，沙子来了；人搬走，大地荒芜。

旧小说写豪强，常用“动了杀机”。机是机心，而杀是人之恶念中最恶的一种，不止杀人，还杀动物，植物也不放过。

草原沙化之后，都市的人只感到空气指数下降，车上落土，衣服需要再洗。有人想过没有？在所谓沙化的源头，牧民的家园没了。这里原来是一望无际的草原。你们衣服脏了，而他们的家园万劫不复。是谁毁掉了这一切？

15

回到马。马在马群奔跑，嗅马的汗味，还有踩踏而出的草香。而这匹马披着彩色的毯子，毯子印有大朵的牡丹花，马去参加那达慕大会。

“那达慕”的意思是玩耍。牧区的马天天玩耍，玩耍半径每天好几百里。草滩去过了，趟一趟河水。后来，枣红的、花白的、炭黑的马站在了山冈上。三马之中，一个是母亲，另两个是幼马。

16

包井兰是谁？我媳妇的奶奶。我从这些蒙古族女人的照片上看到了她。这个蒙古族老太太爱唱民歌，她爱黄昏时分拄杖于沈阳大街上，迎我岳父。为什么？怕他迷路，怕他找不到家。

我岳父快60岁了，会找不到家吗？会，怎么不会？奶奶天天担心着，守望着，让儿子平安回家。

有一天，我偷闲回家，发现奶奶和一个穿阴丹士林蓝布衫，梳高髻（在沈阳，这样的装束很特别）的老太太在南屋小声唱《诺恩吉雅》。我侧听，奶奶出来，看到我，白皙的脸上满是笑容羞怯，她说：“原野，哈哈，哈哈哈。”

她拄一支拐杖，那个高髻老太太也拄一支拐杖（她从多么远的地方来到的啊？）这一对老姐俩偷着（怕打扰别人）唱《诺恩吉雅》《达古拉》，还有《天上的风》。

17

风当鞭子，跨喜马拉雅之马。高原暮云四合，金箭放射。大湖漂来牧歌，这边是草，那边是花。

鹰当毫翎，“长生天”写上苍天。天空云追风转，龙蛇翩跹。先人庇佑草原，这边是马，那边是家。

18

一捧一捧的奶子花开在了巴尔虎草原，花朵挤在一起，像看戏的儿童的脸。

“二战”时的日军把这些花叫“诺门罕樱”。

奶子花浅粉，花蕊金黄，好像每朵花里钻进了一只蜜蜂。

19

成吉思可汗训辞中有：“越不可越之山，则登其巅；渡不可渡之河，则达彼岸”。对我来说，不可渡之河，乃由泪水汇聚，于心头桴渡。而不可越之山，是永远只存在脑海里的家乡。

井：白银的水罐

井是村庄的珠宝罐。井里不光藏着水，还藏一片锅盖大的星空和动荡的月亮。

井的石壁认识村庄的每一只水桶。桶撞在石头的帮上，像用肩膀撞一个童年的伙伴，叮——当，洋铁皮水桶上的坑凹是它们的年轮。

那些远方的人，见到炊烟像见到村庄的胡子，而叫作村庄的地方必定有一口井，更富庶的地方还有一条河，井的周围是人住的房子。在黑夜，房子像一群熊在看守井。没人偷井，假如井被偷走了，房子就会塌。

井为村庄积攒一汪水，在十尺之下，不算多，也不少。十尺之下的井里总有这么多水，灌溉了爷爷和孙子。人饮水，水进入人的血管，在身体上下流淌，血少了再从井里挑回来。村里的人有一种类似的相貌，这实为井的表情。

井用环形石头围拢水。水不多也不少，在清朝就这么多，现在还这么多。村里人喝走了成千上万吨的水，水不增不减，不垢不净。多少人喝够了井水翘胡子走了，降生面貌陌生的孩子来喝井里的水。井安然，不喜不忧，在日光下只露出半个脸——井只露半个脸，另半个被井帮挡着——轻摇缓动。井里没有船，井水怎么会不断摇动？这说明井水是活的，在井里辗转。在月光下睡不着觉，井水有空就动一动。

村民每家都有财宝罐，都不大，放在隐秘的地方——箱子、墙夹层，甚至猪圈里。而全村的财宝罐只有这口井，它是白银的水罐，是传说中越吃越有的神话。水井安了全村人的心。

水井看不到朝暾浮于东山梁，早霞烧烂了山顶的灌木却烧不进井里。太阳和井水相遇是在正午时光，它和水相视，互道珍重。入夜，井用水筛子把星斗筛一遍，每天都筛一遍，前半夜筛大星，后半夜筛小星，天亮前筛那些模模糊糊的碎星。井水在锅盖大的地方看全了星座，人马座、白羊座，都没超过一口井的尺寸。

井暗喜，月亮每月之圆，是为井口而圆。最圆的月亮只是想盖在井上，金黄的圆饼刚好当井盖，但月亮一直盖不准，天太高了。倘若盖不准，白瞎了这么白嫩的一个月亮。太阳圆、月亮圆、谷粒圆、高粱米圆，大凡自然之物都圆。河床的曲线、鸟飞的弧线，自然的轨迹都圆。人做事不圆，世道用困顿迫使他圆。圆的神秘还在井口，人从这一个圆里汲水，水桶也圆。人做事倾向于方，喜欢转折顿挫，以方为正。大自然无所谓正与不正，只有迂回流畅。自然没有对错、是非、好坏。道法自然如法一口井，大也不大，小也不小，不盈不竭，甘于卑下。

大姑娘、小媳妇是井台的风景。大姑娘挑水走，人看不见水桶，只见她的腰肢。女人的细腰随小白手摆动，扁担颤颤悠悠。井边是信息集散地，冒人间烟火，有巧笑倩与美目盼，孩子们围着井奔跑。村里人没有宗教信仰，井几乎成了他们的教堂。但没人在井边忏悔，井也代表不了上帝宽恕人的罪孽。但井里有水，水洁尘去污，与小米相逢化作米汤，井水可煎药除病。井一无所有，只有水。一方水土养一方人，水说的是井与河流，土是耕地。对树和庄稼来说，井是镶在大地的钻石。鸟不知井里有什么，但见人一桶一桶舀出水来，以为奇迹。春天，井水漂浮桃花瓣。入井私奔的桃花，让幽深的水遭遇了爱情。花瓣经受了井水的凉，冰肌玉骨啊。从井里看天，天圆而蓝，云彩只有一朵。天阴也只阴一小块，下雨只下一小片。井里好，石头层层叠叠护卫这口井，井是一个城。

井是白银的水罐，井水变成人的血水。井无水，村庄就无炊烟、无喧哗、无小孩与鸡犬乱窜。庄稼也要仰仗井，井水让庄稼变成粮食。人不离乡，是舍不得这口井。家能搬，井搬不了。井太沉，十挂马车拉不走一口井，井是乡土沉静的风景。

夜的河

夜的河边，像听见许多人说话，含糊低语变成咕噜咕噜的喧哗。河在夜里话多，它见到石头、水草都要说说话，伸手拍打几下。漆黑的夜里，看不清河水，月色没给涟漪镶上银边。河水哗哗走，却见不到它们的腿。

站在岸边，你不相信前面有一条河，不知道是什么在流。星星太少，在天空聚不拢光，照不见河水窜行的脊背。鸟儿拉长声鸣啼，见不到它飞。

夜只是对人类视网膜的蒙蔽，却打开了动物的视窗。人与动物的视觉感光细胞不同，所谓“漆黑”的夜，在狼看来如蓝色的清晨，在猫看来，是蜜色的黄昏，万物清晰柔和，只有人和鸟类（猫头鹰除外）的眼睛被夜遮蔽了。上帝让人鸟在夜里失去视觉力，是收束了你的能力，让你歇息，让另外的种群开始生活。没想到，人类在爱迪生的带领下发明了电灯，在富兰克林的带领下发现了电并贮藏了电，诞生了不夜城，糖尿病、失眠症和高血压症也随之诞生。人类要为他们发明的每一样东西付出成本，一般说由后代为前辈付出成本，包括医疗费和性命。

河在夜里潜行，步伐越来越快。河无需看路，路在一切地方。水流不怕石头，不怕灌木和岸上的狼。水啥都不怕，它既分散又聚拢，谁都分不开水，水剩到最后一滴也抱成团。

乌云在天边垒出黑堡，在远方阻挡河流。世上没一件东西能挡住河，河曲折但不投降，河断流但不往回流。小河投身大河最终汇入海，水库和大坝都截不住河流。河水卑下，河水清澈或混浊，河水浑身是土，却像青草一样繁盛，像民主高于城墙。夜的河漂过许多人的梦，河水用黑缎子把这些梦包起来送到远方。河水在夜里跟水草拉手，和夜鸟微笑，河在夜里看一切比白天更清楚。所谓阳光并不能照亮一切地方，它留下的阴影和它照亮的东西一样多。夜袒露所有地方，甲虫在灌木下面爬行，枯叶的背后藏着一只褐色的蝴蝶，鸟窝建在树顶。夜不想遮掩什么，夜也遮掩不了什么，夜比白天更广大。

河在一个时辰游出了乌云的地带，星光在头顶闪亮。晴朗的夜空是景泰蓝的花园，这么蓝，天空舍不得在蓝上镶嵌太多星星，只镶了百分之一，如同表盘的标记。这些蓝渐渐融化——夜色也会融化，天空在黎明泛白，是因为蓝融化于大地，主要化在海里——像蓝冰涣散，慢慢堆在河中间，包裹了许多星星。星星在夜的河里洗澡，周围的河水发送白光，后来变成了灯笼，鱼儿穿行。夜色在河里越积越多，让河水慢下来。夜的河驮着越来越淡的景泰蓝缓缓流淌，天快亮了。每到这个时候，河水都要在脖子上系一条玫瑰红的纱巾，再披一条金缎带。黎明跳进河里喧闹，天大亮，河水流得宁静如常。

雪地贺卡

今年沈阳的雪下得大，埋没膝盖，到处有胖乎乎的雪人。

下班时，路过院里的雪人，我发现一个奇怪的迹象：雪人的颏下似有一张纸片。我这人好奇心重，仔细看，像是贺卡，插在雪人怀里。

抽出来，果然是贺卡，画面是一个满脸雀斑的男孩，穿着成人的牛仔装，在抹鼻涕。里面有字，歪歪扭扭，是小孩写的。

雪人：

你又白又胖，橘子皮嘴唇真好看。你一定不怕冷，半夜里自己害怕吗？饿了就吃雪吧。咱俩做个好朋友！

祝愿：新年快乐　　心想事成！

沈阳岐山三校二年四班　李小屹

我寄出也接收过一些贺卡，这张却让人心动。我有点嫉妒雪人，能收到李小屹这么诚挚的关爱。

我把贺卡放回雪人的襟怀，只露一点小角。回到家，放不下这件事，给李小屹写了一张贺卡，以雪人的名义。我不知这样做对不对，希望不至伤害孩子的感情。

李小屹：
真高兴得到你的贺卡，在无数个冬天里面，从来都没人送给我贺卡。你是我的好朋友！
祝愿：获得双百　　永远快乐！
岐山中路 10 号三单元门前　雪人

我寄了出去，几天里，我时不时看一眼雪人，李小屹是否会来？认识一下也很好。第三天，我看见雪人肩膀又插上了一张贺卡，忙抽出来读。

雪人：
我收到你的贺卡高兴得跳了起来，咱们不是已经实现神话了吗？但我的同学说这是假的。是假的吗？我爸说这是大人写的。我也觉得你不会写贺卡，大人是谁？十万火急！告诉我！（15 个惊叹号）你如果不方便，也可通知我同学。王洋，电话 621××10；张弩，电话 684××77。
祝愿：万事如意　心想事成！
李小屹

我把贺卡放回去，生出别样心情。李小屹是个相信神话的孩子，多么幸福，我也有过这样的年月。在这场游戏中，我应该小心而且罢手了。尽管李小屹焦急地期待回音。

就在昨天，星期日的下午，雪人前站着一个女孩，背对着我家的窗。她装束臃肿.胳膊都放不下来了。这必是李小屹。她痴痴地站在雪人边上，不时捧雪拍在它身上。雪人橘子皮嘴唇依然鲜艳。

我不忍心让李小屹就这么盼望着，像骗了她。但我更不忍心破坏她的梦。不妨让她惊讶着，甚至长成大人后跟自己的男友讲这件贺卡的奇遇。

一个带有秘密的童年是多么的幸福。

雨落大海

我终于明白，水化为雨是为了投身大海。水有水的愿景，最自由的领地莫过于海。雨落海里，才伸手就有海的千万只手抓住它，一起荡漾。谁说荡漾不是自由？自由正在随波逐流，“应无所住而生其心”。雨在海里见到了无边的兄弟姐妹，它们被称为海水，可以绿、可以蓝、可以灰，夜晚变成半透明的琉璃黑。雨落进海里就开始周游世界的旅程，从不担心干涸。

我在泰国南部皮皮岛潜泳，才知道海底有比陆上更美的景物。红色如盆景的珊瑚遍地都是，白珊瑚像不透明的冰糖。绚丽的热带鱼游来游去，一鱼眼神天真，一鱼唇如梦露。它们幼稚地、梦幻地游动，并不问自己往哪里游，就像鸟飞也不知自己往哪里飞。

人到了海底却成了怪物，胳膊腿儿太长，没有美丽的鳞而只有裤衩，脑袋戴着泳镜和长鼻子呼吸器。可怜的鱼和贝类以为人就长这德性，这真是误会。我巴不得卸下呼吸器给它们展示嘴脸，但不行，还没修练到那个份儿上，还得呼吸压缩氧气，还没掌握用鳃分解水里氧气的要领。海底美呵，比九寨沟和西湖都美。假如我有机会当上一个军阀，就把军阀府邸修在海底，找我办事的人要穿潜水服游过来。海里的细砂雪白柔软，海葵像花儿摇摆，连章鱼也把自己开成了一朵花。

上帝造海底之时分外用心，发挥了美术家全部的匠心。石头、草、贝壳和鱼的色彩都那么鲜明，像鹦鹉满天飞。上帝造人为什么留一手？没让人像鸟和鱼那么漂亮。人，无论黄种人、黑人、白人，色调都挺闷，除了眼睛和须发，其余的皮肤都是单色，要靠衣服胡穿乱戴，表示自己不单调。海里一片斑斓，上帝造海底世界的时候，手边的色彩富裕。

雨水跳进海里游泳，它们没有淹死的恐惧。雨水最怕落在黄土高坡，“啪”——一半蒸发，一半被土吸走，雨就这么死的，就义。雨在海里见到城墙般的巨浪，它不知道水还可以造出城墙，转瞬垮塌，变成浪的雕堡、浪的山峰。雨点从浪尖往下看，谷底深不可测，雨冲下去依然是水。浪用怀抱兜着所有的水，摔不死也砸不扁。雨在浪里东奔西走，四海为家。

雨在云里遨游时，往下看海如万顷碧玉，它不知那是海，但不是树也不是土。雨接近了海，感受到透明的风的拨弄。风把雨混和编队，像撒黄豆一样撒进海里。海的脸溅出一层麻子，被风抚平。海鸥在浪尖叼着鱼飞，涛冲到最高，卷起纷乱的白边。俯瞰海，看不清它的图案。大海没有耐心把一张画画完，画一半就抹去另画，象形的图案转为抽象的图案。雨钻进海里，舒服啊。海水清凉，雨抱着鲸鱼的身体潜入海水最深处，鱼群的腹侧如闪闪的刀光，海草头发飞旋似女巫。往上看，太阳融化了，像蛋黄摊在海的外层，晃晃悠悠。海里不需要视力，不需要躲藏。雨是海水的枕头和被褥，不怕蒸发，雨水进入大海之后不再想念陆地。

泪水的盐

在所有的水里，唯有泪水代表情感。泪水连着心房，情动于衷，思绪化为泪水，一滴滴爬上眼眶。

像喷嚏无法阻止，笑无法阻止，谁也阻止不了泪水流淌。泪流如水流，它不管你的尊严、你的难堪，径自冲下来。泪腺应该是心血管的一部分。心里有东西破裂了，涌出泪。

流过泪，人常常沉默着，泪水和语言不兼容。人在哭泣中说不成句，谈吐异常困难。泪水里有情感，而语言真假莫辨。泪不与言词为伍。

哭过的人会茫然、会醒悟、会孤独，会在心里跟自己说话。哭泣是人生大动作，你没选择它，它却选择你。被哭泣选中的人，心里有悲伤、有委屈、有失望、有软弱，但没放弃。哭泣是哭的人不愿放弃一样好东西。

人在哭泣时拭泪，颧骨被擦得红而新鲜，故有一词——“以泪洗面”。以泪洗过的面庞像火里的金子，有烧不化的明亮。泪水没浇过庄稼，没养过鱼，没化过墨块，它是什么水？此水发乎悲伤，止乎平静，像雨过天晴，泪的后面是静寂。

人把流泪看成是大事，但对小孩子是日常功课。小孩子为一切事情而哭泣，他们心里快乐却最多。孩子们常常“破啼为笑”，这有多么奇怪。泪水与笑中间竟然只隔一张纸，捅破了是泪水，糊上是笑声。

在好的戏剧与文学里，观众与读者含着泪水发笑，同小孩子情形相近。好作品告诉人，喜与哀原本在一起。笑发自人物的苦痛；泪缘于自己的创伤。

泪水不羁，想来就来想走就走，它们是天风海雨，四处寻找悲伤和孤独的人。泪水见证了世上苦难从来没有停歇。

人看不到别人暗地的泪，每个人都孤独地洒过泪，自己不一定记得清。人把“哭”列进羞耻机制里，泪水被赋予软弱的定义，故而恐惧自己的泪水。科学说，泪水是非常好的药剂，清洗眼球、营养眼球，泪水中的几十种成分至今无法人工合成。

人拒绝并远离宝贵的眼泪，因为捧不起它的重量。人在流泪一瞬间会弯下腰双手捂脸，会躺在床上。泪水最重，人扛不起泪。流泪时，人常常垂首。泪里有什么？八十多种物质的化学分子式解释不清其中的情感。

泪水里有盐。

人知道血里的盐（钠）掌管细胞膜的平衡。泪水的盐从哪里处来?盐的源头不是脂肪、肌肉和骨骼，它只能来自血液。

血里的盐被泪水抽走，清洗眼球、清洗破碎的心。泪水是透明的血水，流出体外，减轻压在心上的痛苦。

有人早已无泪，泪干了；有人终生洒泪，恻隐心重；有人不为他人洒一滴泪；有人看电视剧流泪却不为娘亲老子流泪；有人练会了假哭的本领。

泪有传染性。泪可以营造一个哭的场，让善良人跟着忧伤。泪引发鼻孔毛细血管充血并堵塞。泪无法收藏。

在所谓历史博物馆里，应该有收藏泪水的玻璃瓶，写上这是谁的泪，为什么而流。饥荒中垂死人流的泪、冤屈人的泪、演员的泪、伟人的泪，都放在瓶里。这是一个小小的透明之血的博物馆，它说不出一切，但记录了一切。泪里有盐，像海里和血里有盐一样，有盐的地方就有风暴。

泪水是眼睛的语言

最大的泪滴往往只在小孩子的眼里，成人的眼泪远不及小孩的泪珠那么饱满晶莹。

我感动于小孩子努力抑制泪珠流出时的神态。这是一种原本不想然而没有办法避免的哭泣，这泪水像一对难于割舍的朋友分离那样，一步一回头——它留恋着眼眶。这是经过克制而后发生的场面，因而泪水可以蓄积得那么充沛。

小孩子泪水的感人，还在于他们哭得真诚，毫无虚饰与惭愧。能放声大哭是一种高人作为，多属于孩子与诗人。

孩子哭的原因无论因为饥饿、玩具、受父母呵斥，都算作大悲哀。

大人在饥饿的时候仍会作出一副笑容，遭受委屈之后可显出无所谓之态，而被剥夺了快乐的权利之后只好漠然。

大人已经没什么可哭的了，或者说大人再哭就毫无道理了。当然那些怀抱着童贞之心的成年人仍哭得深挚有力。

大人的泪水稀薄。

大人的泪水流得极快。

大人擦去自己泪水的速度更快——他们不敢像儿童那样让泪珠晶莹地挂在腮边装饰。

大人的眼睛在哭过之后就发红微肿且有些混浊，儿童的眼睛哭过后像洗过一样清澈。

余光中先生的悼母诗每首都写得感人，如“而清明的路上，母亲啊，我的足印将深深/柳树的长发上滴着雨，母亲啊，滴着我的回忆。”（《招魂的短笛》）

柳树之雨几近于哭，但余先生未敷一个泪字。在他自己生日时所写的诗中，他说：“**永不忘记，这是你流血的日子/你在血管中呼我/你输血，你给我血型**。”（《园通寺》）

不写泪，写血，更甚于哭了。

在余先生的悼母诗中，还有近于中年的冷静和对冥冥大化的思索：“塔顶是印度的云，塔底是母亲/启骨灰匣，可窥视我脐带联系的一切。”（《园通寺》）

余光中是有真性情的人，彻骨之痛也终于没有哭声。

河流里没有一滴多余的水

从质地上说，花瓣是什么？它比绸子还柔软，像水一样娇嫩。雨后的山坡上，如果看到一朵花，像见到一个刚睡醒的婴儿，像门口站着一个被雨淋湿的小姑娘。花瓣的质地，用语言形容不出来。而它的鲜艳，我们只好说它像花朵一样鲜艳。无论是小黄花、小白花都纯洁鲜艳。花能从一株卑微的草里生长出来，人却不能，连描述一下的能力都缺乏。

从性格说，马比人勇敢，而性情比人温和。马赴战场厮杀，爆炸轰鸣不会让它停下来，见了血也不躲闪。冰雪、高山和河流都不会阻挡马的脚步。它的眼睛晶莹，看着远方。把勇敢与温良结合一体，在人当中，可谓君子；在动物中，是马。我哥哥朝克巴特尔贫穷，却买了一匹良种马欣赏。他不让马拉车干活，也不骑。每天早上，朝克拎一桶清凉的井水，用棕刷子刷马，然后蹲下，咧着嘴对马笑。如果马吃糖，他一定给马买糖；如果马看电影，他会拉着马上城里看大片。朝克对马的感情，和城里人养宠物不一样，马是哥们儿，是朝克的偶像。马在天地间吃草漫游，用不着管马叫儿子，搂着睡觉。马影响爱马人的性情，使之“温而厉”。

从流动说，河水心里一定有巨大的喜悦，而后奔流不息。大河流动时的庄严，让人肃然起敬。它非在逃离，是前进。只有贝多芬的音乐能描述河流的节奏、力量和典雅。贝多芬的交响曲没有多余的音符，也没有乐器单独演奏，一切共进。而河流里也没有一滴多余的水，每滴水和其他的水密不可分，一起往前跑。河是巨大的家园，鱼在河里享受着比人更幸福的生活。夜晚，河流兜揽所有的星辰，边晃边亮。

从胸怀看，鸟比人更有理想。当迁徙的候鸟飞越喜马拉雅山的时候，雪崩不会让它惊慌。鸟在夜晚飞越大海，如果没有岛屿让它歇脚，它不让自己疲倦，一直飞。它不过是小小的生灵，却有无上的勇气。

人的勇气、包容、纯洁和善良，本来是与生俱来的。在漫长的生活中，有一些丢失了，有一些被关在心底。把它们找回来，让它们长大，人生其实没什么艰难，每一寸光阴都有用。

河流的腰

我路过的地方是这条河流的腰。水流优美地向河心拐过去，剩下一大片开阔地，是腰闪出的地方。

河比天空和大地更有人间的气味。

河流束腰的地方，岸更高，长在上面的高粱仿佛举着石榴的籽，高粱的叶子在风中暗斗，刷刷响，谁也不服谁。

河有一百种表情，皱眉是急流，沉思则缓涌。最静的时候，河面落一根羽毛都会起纹，像镜子一样亮，但比镜子柔软。这时的河如早上刚刚醒来的儿童。儿童看世界，无分别心，世上没有他们不接纳的事物。儿童眼里的事物没有好坏，只有已知与未知。儿童进入世界唯一的路叫作好奇，像这条河，不停地流，只为探索，去没去过的地方，去知。

河一辈子都在水里。河生于雨，生于泉，生于玻璃窗上的哈气，生于草叶的露珠，生于牛马厕的尿，晚年流入海里。

河流归海，是惯常的说法。但如果河水分成滴，有多少滴流不进海？进海的水滴是少数，就像得道的人是少数。大部分水被骄阳蒸发了，被泥土绊住了后腿。好在水滴不死，结为冰雪也没冻死。水好就好在死不了，它们比谁都擅长转世，蒸发、下降、流动，循环在天空和大地的血管里。谁能想到，水永生，它们淹死别人，却淹不死自己。谁也别想把水烧死，水反过来浇灭火。这是老子赞美过的水，淹不死冻不死的水。虽然从医学说，人体 90% 是水，但人仍然不是水。人身除水分之外 10% 的肉决定了人的弱处，既烧得坏（脂肪可燃）又淹得死（肺不应），还怕冻。

水有许多名字，河、海、江、洋，多了，翻字典带三滴水旁的字众多，都跟水有关，证明水的势力大。

水在河里的时候，名字叫河。天下的河太多了，名字也多，好名破名都有。我听过裤裆河、狗咬河、狼不来河的河名，这名差不多在骂河。河也有好名，桑干河与汾河，听上去都好听。人认为，河的名字永远代表这条河，然而“这个河”早没了，一眨眼就流出十米。桑干河怎么会永远是桑干河呢？人所说的桑干河早流走了，汾河、淮河、剪子河、灯笼河也早流走了。但是，原来的河水流没了再起新名也不方便。叫什么好呢？谁来起名，谁传播这个名呢？最可叹，河刚起新名，水又流跑了。我觉得，天下河流不必起这么多的名，起一个不妨全国通用，叫“流河”或“淌河”，或“水的河”，朴实准确。

河的腰是这样的细，让减肥的女子羡慕。河的颈子、河的脸庞、河的胸都在河里。小鸟们知道河的容颜四肢在哪里，从天空上看到的。河水日流夜流，而我坐火车飞机看到许多处于盛水期的河套，种满了庄稼，早没水了。河的腰没了，变成蠢汉的肚子。

湖畔

站在湖边，人的目光由近及远。

水从脚下开始，向远方延伸，直至与天相接，这在谁眼里都近于奇迹。虽然人们心里明白，湖水并没有与天汇合，但在眼前，它确实汇合了。

岸边的湖水像呼吸一样，以浅浪涌动。有人说这是水对于岸的依恋和拍打，准确地说，湖水在温柔地舐着岸沙，像母牛一往情深地舐站立不稳的牛犊。科学说这是由月亮对潮汐的影响而来。我曾想俯下身看湖水的平面，但做不到，除非在湖边挖个一人深的掩体，使我的目光和水面平行。我猜想，那时所看到的不外是一片起伏的混沌，水气蒸腾，天际消失无踪。

岸边总是弯曲的，自然界很少有哪样东西呈现直线。无论是苹果，还是鸟儿的尖喙、公马浑圆的臀部，都是曲线。只有人喜欢搞出直线的东西。站在湖畔向旁边看，浪涌漫画层层曲线，它们一个个涌来又退去，退去的水波是急急忙忙的，白色的泡沫愈散愈小，直到消失，又像隐入水中。

湖边的沙滩坦平，若是用手掏出一个小坑，浪们就要勤恳地用沙把它填平，保持沙滩的平整。小的时候，我曾光着脚在岸边走很远，任清波洗濯踝骨。有时停下来，以脚趾挤压滑腻的泥，泥像牙膏一样自趾缝逸出，很舒服。

去年，我到过克什克腾的达里湖，那时天已凉了，没有脱鞋重玩童年勾当。但希望见到一个与我当年年纪仿佛的孩子，一手拎着一只鞋，低着头在沙滩上独行，把夕阳留在身后。

画一幅眼泪

人们越来越爱惜自己的身体，往脸上抹神秘的化学化妆品、抹手霜，给眼睛外边架一副玻璃镜片，按摩四肢，吃对肠道有益的粗粮。说起来这一类名堂成百上千种，主题是爱惜身体，让它美，让它年轻，让它放缓变成糟粕的速度。我觉得还应该加上一条：爱惜我们的眼泪。

泪水不是我们的器官，它们从眼睛里流出，被擦掉、被风干，不知去了什么地方，但它又不是普通的水。

我们不知泪水藏在身体的什么地方，只知道它离眼睛很近。我们也不知道一个人泪水的储量到底有多少。最主要的，在我们感动、悲伤、痛苦，也就是心在滴血的时候，眼睛里流出了水，我们叫它泪水。

最纯真的人，如儿童，眼睛里有最多的水。随着年纪增加——实际是随着心灵的麻木——泪水越来越少。

一位朋友对我说，“羡慕你啊，你还流泪，我好多年没泪水了。”

除了干眼症患者，我认为一个人不会缺失眼泪，缺少的只是感动。

头些天到哈尔滨一位作家朋友家里作客，墙上挂着五六幅她画的水粉画，多是大兴安岭的风景。有一幅抽象作品非常触目，如同在黑夜里闪光的白桦，又像从地里长出的白银。我问，这画的是什么？

主人说，这是一个秘密。

既然是秘密，我就不问了。这幅画还是吸引着我。我感觉它像森林里的冰凌化了，又像雨打在玻璃上——屋外是沉黑的夜。

朋友说，告诉你们吧，我画的是我的泪水，泪水流成了河。

我闻此言，再看这画，很震惊。我们知道她的丈夫去世了，但我第一次看到有人用画笔画自己的泪水。那是无法计算的悲伤，滔滔不绝的河流。

屋里沉默了很久。

人身上到底有多少泪水？这件事谁也说不清，每人都不一样。

汶川和玉树地震的时候，我妈从早到晚坐在电视机前流眼泪，她的泪水天天流也流不完。不论什么时候打电话，她的声音都带着浓重的鼻音。我爸很生气，怕她哭坏身体，不允许她看电视。我妈上街买报看，接着流泪。我爸没收了报纸，发现她半夜坐在自己房间，不开灯，用手擦眼泪。

假如把眼泪比作榨汁机榨出的汁的话，榨的是人的心，眼里流出了泪。榨汁机的马达是悲悯，是感同身受，是藏在心里像星星那么密集的爱。

从医学角度观察，人哭泣实如一场疾病发作，浑身颤抖，瘫软。人大哭之后会头痛，休息几天也缓不过来。但人的泪水证明他的良心还在工作。泪水实在是人最珍贵的分泌物之一，它在身体里积蓄，流出来却无法遮掩。除了演员，没人表演流泪。人们炫耀车、炫耀表，没人炫耀自己的泪水。事实上，人流泪的时候，都抱有羞惭之心，人心阻挡自己珍贵的泪水流出来。这来自古老的基因暗示——不可流露自己的软弱。

流泪的人软弱吗？我见过许多流泪的成年人性格刚强，我妈就是非常刚强的人。

我们在感动或悲伤的时候，会觉得流动的血液停下来，观念中有关矜持的旗帜都被拔掉，泪水如一股洪流从心底涌向头部，冲破万千束缚从眼里挣脱出来。有时候，我们还会觉得眼泪来自一个遥远的地方，一个我们从未去过的地方，来自我们不熟悉的一些事和不认识的一些人。故此，眼泪特别值得珍惜。

河在河的远方

对河来说，自来水只是一些稚嫩的婴儿。不，不能这么说，自来水是怯生生的，是带着消毒气味的城里人。它们从没见过河。河是什么？用“什么”来问河，什么也得不到。河是对世间美景毫无留恋的智者，什么都不会让河流停下脚步，哪怕是一分钟。河最像时间。这么说，时间穿着水的衣衫从大地走过。这件衣衫里面包裹着鱼、草和泥的秘密，衣领上插着帆，流向了时间。

河流览历深广。它分出一些子孙缔造粮食，看马领着孩子俯身饮水。落日在傍晚把河流烧成通红的铁条。河流走到哪里，空中都有水鸟追随。水鸟以为，河一直走到一个最好的地方。

天下哪有什么好地方，河流到达陌生的远方。你从河水流淌的方向往前看，会觉得那里不值得去，荒蛮、有砂砺，可能寸草不生。河一路走过，甚至没时间解释为什么来到这里。茂林修竹的清幽之地，乱石如斗的僻远之乡，都是河的远方。凡是时间要去的地方，都是河流的地方。

河流也会疲倦，在村头歇一歇，看光屁股的顽童捉泥鳅、打水仗。河流在月夜追想往昔，像连续行军几天几夜的士兵，一边走一边睡觉。它伤感自己一路上收留了太多的儿女，鱼虾禽鸟乃至泥沙，也说不好它们走入大海之后的命运。也许到明天，到一处戈壁的故道，河水断流。那是一个无人知晓的地方，河流被埋藏。而河流从一开始就意气决绝，断流之地就是故乡。

河的辞典里只有两个字：远方。远方不一定富庶，不一定安适，不一定雄阔。它只是你要去的地方，是明日到达之处，是下一站，是下一站的远方。

常常的，我们在远方看到河流，河流看到我们之后又去远方。如果告诉别人河的去向，只好说，河在河的远方。

男儿有泪可轻弹

男儿如果是人，是一个优秀的人，必然拥有丰富的情感。

情感对于人来说，是区别于兽的重要依据。情感与智力，构成每个人生存与发展的两翼，对优秀的人尤为如此。

对那些卓越的大师，平凡人更注意他们智力的优异。其实，所有的大师包括数理大师在智力超群的同时，情感比其他人更丰富。

爱因斯坦在研究中发现光束的量子性，光线在太阳周围会沿着曲线传播，让新的物理学诞生。敦促他探索的动机不是智力——智力只是工具——而是好奇心和对宇宙深沉的热爱。好奇与爱都属于情感，跟科学、智力、金钱和性别都无关。他的小提琴技艺高超，倾情大自然。爱因斯坦是情感丰沛的人。

牛顿、毕达哥拉斯、门捷列夫等许许多多的科学家的情感与智力都比寻常百姓丰富，更不必说文艺家——贝多芬、李白，他们豪情似江，滔滔不绝。

智力使人机敏、效率更高，解决问题的能力也更强。而情感告诉人爱和恨，可以把人引入高尚、悲悯与良心这些更高级的情怀，让人格闪耀光芒，虽然情感也有负面的东西，譬如忧郁。

下面谈到泪水。

很早以前，我写的一首诗中有两句："人生从自己的哭声中开始，在别人的泪水里结束。"泪水从来没远离人的生活，不关脆弱，也与男女无关。泪水不仅是哭泣的伴生物，它还是一种纯粹的表达。悲伤有泪水，喜悦也有泪水。流泪的时候，人感受到什么？为爱情，为亲人，甚至为不相识的一名儿童的苦难。

泪水可以代表着高尚的情感，如果它为弱者和良知而流淌，表明流泪的人有一片丰饶的心地，泉水清清，芳草离离，大善在心。这样的人打着灯笼都找不到，怎么说他不算男儿呢？

在中国的旧文化当中，崇尚男儿刚强，实际是崇尚无情，崇尚"无毒不丈夫"，这是让人非人化，这种文化因此遭到"五四"运动的无情讨伐。而人类共同崇尚的人道主义，在旧文化中没有一丝地位。"男儿有泪不轻弹"，属于厚黑文化中比较黑的一部分。

在我看来，从来不哭的男人有一种可怕的迹象。要么世界上已经没有值得他哭的事情，要么他已经失去了眼泪。对于人来说，失去泪水，比失去房屋和财产更可怕，你敢信赖一个没有同情心的男人吗?

泪水里的成分比人们想象得更复杂，除了伟大的同情心，还有悲伤、悔恨、感动，也有喜悦。就它的化学成分而言，包含匪夷所思的清洁元素，保养眼球。几家世界大药厂一直试图配制人造泪水，但都没有成功。我相信他们永远也不会成功，因为人造泪水里面没有同情心。

“轻弹”的轻，是说尺度。流泪还需要规定尺度吗? 如果一个人规定自己什么时候哭、什么时候不哭，他几乎算不上男人。泪水无轻重，所有的泪水都是沉甸甸的，代表我们心中还有希望，包括男人的希望。

桑园的雨

每一场雨，在桑园的小虫看来都是汪洋。尽管是小雨，雨滴落下来，对小虫来说也是可怖的事情。譬如，一个比你身体大三倍的水坨子啪叽砸下来——很意外的。

我想，即使如雨滴般大小，也是按人的身体比例设定的。它只有人的泪珠那么大，只有半个耳垂大，千百滴于人身上，砸不坏也吓不坏。雨水即使多到让江河决堤，也给人留有余地。它下几天几夜，有时间让你撤退。这里面仿佛有上帝的恩典。

我不知道桑园的瓢虫怎样看待雨。雨水灌注它的洞穴时，瓢虫是否用椭圆的背抵在洞口？雨在天上一看，瓢虫你别没大没小了，下！一夜的光景，把瓢虫冲出六道街之外。鸟喜欢雨，它以为这是水珠的落地比赛，而且自己羽毛不沾水，它早就想让昆虫之类知道此事了。但别打雷，即使是一分贝的噪声，鸟也很烦。鸟站在松枝上，看雨丝像门帘子一样挂着下。老下，不见上来，不知雨后来做什么去了。松树在雨中睡着了。一下雨它就困——梦见自己穿上了黑礼服，偷偷散发着松香气味，和后街的柏树幽会。鸟看了一会儿，换一换脚。蚂蚁前天就知道有雨，弄好了遮蔽措施。但洞里很小，蚂蚁们只好整齐地坐着，像赴前线的士兵。走惯了，蚂蚁感到六足不适。后来，它们搞无伴奏合唱，用人类听不见的 600 赫兹的频率。

人不把雨放在眼里，家里外边都能待，不搭你上帝的交情，什么把雨点设计很小之类，不信。雨停时，我曾在桑园坐着，在许久的寂静后，传来一声怯怯的鸟啼，仿佛第一个推门张望者的悄悄自语。这时，昆虫蹑足活动。风一吹，树甩头发落下一层雨滴，它们吓得往回跑，以为雨又来了。其实，阳光明晃晃的洒得哪儿都是。

透过泪光

沉默的人哭时顿失滔滔。

最为沉雄淋漓的哭声来自那些平素缄默的人们。

哭的至高境界在于痛哭，如同在众人的睽视下净去衣衫自悬崖纵入海中。它没有哽咽的委屈，不是嘤嘤而泣的小器——眼泪一块而出，至悲天下无人能敌。

痛哭有泪水倾盆而下，心境而后清凉。哭而能痛，亦属大丈夫所为。

沉默者的嚎啕，往往有着可怕的预感，如同暴风雨前的闷雷。

同样感动人的流泪场面，还有口齿伶俐者的默默流泪。他们善辩，但在这时却流泪无语，外表静穆了，内心却暴雨滂沱。

哭是一件令哭者后悔的事，至少有情人如此。真正的有情人大多抑制自己的泪水，但泪水如世上许多不可逆料的事情一样径自发生。哭者后悔，他们在哭声中暴露了心灵的最后一道防线——软弱，并唯恐有伤尊严。

沉默的人在滔滔痛哭中获得舒释，善辩的人在默默流泪后领受到语言所无能为力的宽慰。

哭泣的有声与无语，标明了两种不同的人生姿态。

还有一种“长歌当哭”的人，他们将感情移入更艺术也更深挚的领域。

而杜甫，不哭亦不歌，只从牡丹花蕊的清露上，透过际遇模糊地看出自己心底“感时花溅泪”的酸楚。

黑河白水

北地，当白雪覆盖河岸的时候，黑色的河流探缓流过。这么冷了，我不知道它为什么不结冻，袅袅升腾白雾。这的确是一条黑河，凝重而坚定地前进，虽然并不宽也不激壮。在冰雪世界，任何有动感的事物都令人感动，况且是一条河流。

这样一条黑水流淌着，在白雪的夹裹下充满苍郁，让观看的人心软了，坐下来叹息。

而所谓“白水”，也难见。德富芦花称：“日暮水白，两岸昏黑。秋虫夹河齐鸣，时有鲻鱼高跳，画出银白水纹。”水白不易见，水清与水混则常见。对“水白”之景，我曾困惑过，后来在回忆中想起来了。的确是在“两岸昏黑”之时，天几乎黑透了，穹庐却还透散澄明的天光，无月之夜，星斗密密甫出，河岸的树林与草丛织入昏暝里，罩着虫鸣。这时，河水漂白如练，柔漾而来。在远处看，倘站在山头，眼里分明是一条曲折的白水。

雪中的黑河像一群带镣的囚徒，水流迟滞，对天对地均含悲愤。像弦乐低音部演奏《出埃及记》。雪花穿梭而落，却降不进河里。人不禁要皱着眉思索，漫天皆白之中，这条黑河要流到什么地方去呢？这是在初冬，雪下得早。若是“数九”之后，此地所有的河流都封冻了。

观白水，如静听中国的古琴，曲目如《广陵散》。在星夜密树间，白水空**濛**机灵，如同私奔的快乐的女人。白水上难见波纹，因为光暗的缘故。这时，倘掷石入水，波纹扩充，似乎很合适。在此夜，宜思乡，宜检旧事，宜揣测种种放浪经历。如同站在缓重的黑河前，应有报仇雪恨之想。

黑河与白水，我是在故乡赤峰见到的。他乡非无，而在我却失去了徜徉村野的际遇。人生真是短了，平生能看到几次黑河与白水呢，虽然这只是一条普通的河上的景色。

流水

流水的声音好听，从小溪穿过鹅卵石，乃至水穿过人的喉咙钻入肚子里的声音，都好听。跑步之后，口渴如弱禾，仰面饮水，我听到“咚咚”的水声，极为敬佩。这是什么声音？水砸在肠子上，还是喉咙像活塞一样收缩？

夏季跑步之后，我大约要喝 1246 毫升的水，其中漏出来一些，化为汗。运动结束，人的皮肤如同漏斗。喝过水，你盯着自己的胸脯看，每个汗毛眼都冒出一眼泉，互相投奔，化为大滴的汗流下，还拐走了我体内的一些盐分。回头多吃一个咸鸭蛋就成了。

喝过水，我想象水在身体里面的神秘旅行，经过胃，在小肠排空，进入血液当中。我拍拍大腿、胳膊，和那些水打个招呼：到了？都到了。其中最活跃的水，已经跑入微细血管，即身体的表层，所谓皮肤。

我喝过的水，有龙井、可乐、伪装成苹果颜色味道的碳酸饮料，还有矿泉水、自来水。它们在血里流淌，如果把听诊器放在脉搏上，所听到的就是流水的声音，咚咚，跟喝水的声音差不多。

水的声音，是水的喊叫与诗歌。水流的时候，一点点的阻遏、不平、回转都要发出声音。如果在三里之外听一个瀑布的喊叫，急促的呐喊变为低缓的喉音，像弦乐的大提琴声部。而滴水之音，是孩子的独语，清脆而天真，像念课文一样。屋檐的泻水是女人的絮叨，漫长而缺少确切的意义。而风中的雨水，像鞭子与泼墨写意，是男人的心声，在夜里听到尤为峻切。

在北方的冬季，河床的冰下会传出流水的声音，像笑声，不由让人想趴在冰上寻找一阵。冰下的水流黔黑，浮漾白雾，庇护着黑脊的游鱼。如果人耳的听觉范围再扩大一些，还会听到水在树里流淌的声音、在花盆的土里渗透的声音：呼啦啦、哗啦啦，像在龙宫里一样。

每片雪都在找一个人

看海的人，看一百次海有一百次感受，海的姿态从不重复旧日波浪。雪跟海比，无涛无声，似乎单调，但雪乡的人却不觉得哪一场雪是对旧雪的模仿，全有新意。雪固然都是结晶的水，每一场都有各自的归宿。初雪下在十一月，是岁尾最先落地的客人。它们量少，在地上站不住，随下随化。初雪少有厚厚密密的大雪，那是腊月的事情。雪刚下到土地上，像春草一样东张西望，冬至才是雪的春天。这些雪花商量不定，不好意思落地，或不敢落地。这时候的雪，被风刮起来如碎纸屑，静静躺在低洼处。雪花刚来时，树叶还没落尽，你好像听到它跟树上的叶子相互埋怨，如同电影还没演完，下一场的观众提前入场时发生的埋怨。

初雪来，下两三场，甚至下了四五场之后，我们才见到可以称为下雪的雪。河水灌满河床才叫一条河，大雪才叫雪。大地下满大雪，房檐堆砌毛绒绒、没有裁齐的边痕，屋顶、水塔、煤堆都胖了，地上有了深深浅浅、东倒西歪的脚印。汽车盖子留下猫的梅花式的足迹。大雪造成吱吱叫的足音，雪人在屋前矗着，小孩或小狗在雪地撒泡尿，留下黄酥的渣滓洞。大雪给所有的屋顶刷上白漆，虽然马路的积雪化为黑泥，城市的楼顶仍保持着童话的洁白。在装了彩灯的楼顶边上，风吹雪，红色橙色的火焰飘舞。岁末降临的大雪，像带着许多的心事，每一片雪都像找一个人，或者带来上天写给每一个人的信。薄白的信函如此之多，超过了人的总数。这里面包含投给故人的信，投给孔子孟子，或世人逝世的祖父母。无人认领的信最终融化，俟待来年。一人在一年中的劳碌积累、储备流失，都由雪花来阐示，以其丰厚、以其飞散，讲解天道轮回。雨与雪是一回事，有与无也是一回事。富贵即使不如浮云，也如积雪，在轮回中代谢新陈。

上帝的伏兵

有一只粉色的小虫子在空中旋转，好像它是一只小虾，在空气的水里下沉。这是我在桑园练拳时看到的。但我知道，谁也不能摆脱地心引力，包括虫子，它的头部或尾部必有一根丝悬着。

我俯身，看它舞蹈。此物也是壮士，从口里或腹内泌出绳索，且出且下，转着圈儿，不惧脚下深渊，也不怕这丝吐半道不够用。但我还是看不清那根丝，近视。

雨后的太阳迸然而出，像把云彩的棉絮挣破了。阳光洒过来，照见虫子上方一根银丝，闪亮。

我把树枝小心抬起，看丝缚在哪里。却见：这个宽如老鹰翅膀的树枝下面，悬藏着密密麻麻的雨滴。我惊讶了，这些雨滴向我闪烁千百之眼，而且圆圆地要坠下去，警告我松开手。是的，我发现了造物的机密，便战战兢兢松开手，仿佛掉下一滴水都是我的罪过。

它们是上帝的伏兵，正在监视那只粉红的小虫往地面降落。

走着走着，树林被一段河岸截开了，冻土的下面是一条河流。不知道结冻的河是否还可以叫河流，它至少不流了。

于是我在河上走，好像是一个神仙。河上是起伏的冰，乳白色，像里面充进了气。河水在奔流中被冻在当下。

这些微微起伏的冻结的河水，如雕塑、如中了魔法，好像等待过路人拯救。我摸这些冰，心想我救不了你，比我厉害的人也救不了你。救你的人名叫春天，他只在春天才到这里来。我在冰面上打了一个滚，因为我从未在河的浪尖上打过滚，聊复尔尔，表示曾在水尖浪过一回。

摸这些冰的波涛，摸不出波涛来自哪里，却在这儿冻住了。想这些水在夏日的情形，我心里真的流过一片柔情，像想一些朋友。那些水，夏日和秋天从水草的木梳齿里钻过，身体的前前后后有小鱼小虾。泥色脊背的小鱼像枯叶，又会扭动跳舞。水鸟在密密的芦苇里鸣啼，像拈一片叶子吹奏。

冻在这儿的水从哪儿来？它们心里一定急着呢。这比火车晚点更晚，一冻就是四五个月。冰眼睁睁看岸上的泥土结霜之后飘雪，鸿雁结队唱着歌去了南方，而它们被冻在这里。冻又是什么呢？物理学家摄尔西斯说，假设在一个大气压的条件下，0℃为水的结冰点，沸点就是 100℃，此为摄氏度的由来。这跟什么都没说一样。结冰是老天爷让河水歇歇，歇半年也不算多，河水从春到秋唱歌、灌溉、发脾气。河水比任何东西都具有多动症的倾向，对万有引力定律超常敏感。水有平衡癖，稍微不平都要动一下。当年毛泽东、林彪把外出旅行也叫“动一下”。他们不用水，用专列和三叉戟飞机。水动一下，波澜无尽，宛如人的念头，一念带起一念，无休尽。

河结了冰之后，把两岸撑宽了。这么多水存在这里，种地的人心里踏实。一个河北人对我说，河北省的河都断流了。

我说河北省需要改一下省名，叫“北省”就可以了，不必带河字。“北省人民政府”，“北省水利局”。河南如果还有河，继续叫河南。

这些冰是从西边来的赶集的人，夏天还是河，是密不可分的水。它们来自山里的泉，来自林间的溪流，来自屋檐的雨水。这些水从偏僻的角落流进河道跟唐僧从西天取来佛经差不多。有无数闲散的水梦想变成河，进而流入大海。

海是每一滴水的梦想，如果允许水有梦想的话。

水的经历比人所知道的更复杂。人从河边掬一捧水饮下，水从肠道进入血液。从主动脉流入到微细毛管，走过的路比迷宫更复杂，之后进入静脉。大部分水从肾脏离开人体，又到一个陌生的地方，在阳光下蒸发到云彩上，再化为雨，后来不知落在什么地方。有可能落在铁匠炉的火炭上重新被蒸发，有可能落入河水里，河带着水走。如果水的启程太晚，就被冻在这里，像石头。春天，这些石头化了，上边漂桃花。

水滴没有残缺

每一滴水都是圆的，水比所有的东西都看重圆满并保持圆满。水珠将滴未滴之际，是瞬间的椭圆，坠下马上修复成为标准的圆。水滴在空中坠落，水分子拉紧了手，绷紧了身上的衣衫。每一滴水都抱着如此大的力量和信念——保持一个圆。圆不会分散，圆没有残缺，圆可以保持自己的力量又借助别人的力量。水在空中被打碎，化为新的水珠、新的圆。把水称为兄弟何等准确，它们用看不见的手抱在一起，不分离。

水透明，人看不清水的容貌和水的个体。所谓“水分子”只是科学的一种说法。每个水一定有小到人眼看不见的身体，它们彼此相识相亲，不分你我。

把一碗水、一壶水、一桶水倒入河水江水海水里，它们瞬间融合，找不到过去的“我”。水有神奇的融合能力，不固执、不拘泥、不自我，最在意和合。把瓶里的水倒入杯里的水，分不出先后，它们如同自古以来就在一起，没区别。

相比较，人的融合最难。与其说性格难合，不如说文化难合，文化所包含的真实与虚伪、虔诚与诡诈、信仰与傲慢，让每个人都抱着自己的文化和利益绝不妥协，宽容在大部分情况下是一句空话。有的夫妻过了一辈子还在争吵，文化或价值观把每一件事都变成导火索。人看到水的融合会不会自省？只要是水，一杯脏水倒进干净水里，也会被均匀地淡化与净化，干净水慷慨地接纳了“脏水”，使它们比原来清澈一些，尽管水的整体浊了一些。

天下没有比水更加包容的物体。水无差别，无分别，水尽最大力量维持着平衡。水比钢铁坚硬又懂得温柔，水动驰万里，静守千年。人不知水的衣服在哪里，波浪是水奔跑的身姿却不是它的衣服。有一天，冬天洋井的铸铁包了一层透明的膜，是冰，这就是水的外衣。水最巧，这一层冰多么薄、多么均匀。水可以分成多少层呢？它可以分成无数层却不分层。“浑然一体”这个词最适合于水。

水不挡光。生物的生长离不开阳光。阳光对植物而言，不止是温度，还是能量，像粮食一样。水的透光性保证了水中生物的生长。水无私，生育万物。

我们抓不住一滴水，更没办法用手捧着水走过千万里。水爱自由，它不想成为人的装饰或附庸。但人们身上有水。血液中 99% 的成分是纯净水。这些水里携带着人赖以生存的氧气，含着把水变红的血红细胞。血水运送人体的养料和废料。而人体细胞内有更多的水。水做的女人是《红楼梦》的说法，水做的人是上帝的说法。我们生活在身体的水中。但我们还是不像水，像我们自己。

苏醒

沈阳下第一场雪的时候，已经是 11 月末了。人们换上羽绒服，小心翼翼地在冰雪路面上滑行，一如狐步。这时，草们——包括散草和草坪里优雅的洋草，都埋在大雪里。再见到你们，要到明年春天了，我对草说。

有时候，阳光也有充分的幽默感。今天，也就是雪后的第三天，阳光大力而出，何止于暖意融融，它们鼓足了马力倾泄在雪上。仿佛太阳不想过冬天了，冬天没意思。雪只好大忙，一层层塌陷着，安排小沟小渠把水流出去。屋檐滴滴哒哒。大街变为醒目的黑色，人们抱怨，深一脚浅一脚地踩在肮脏的冰淇淋式的雪泥里，上班或干其他什么。

我看到了最美的景象——

草们苏醒过来。它们刚要被冻死，就被阳光大佬抢救过来。或者说，它们在雪被窝里才作了一个梦，被刺眼的阳光吵醒了。我看到，草的腰身比夏天还挺拔，叶片湿漉漉的，好像孩子们破啼为笑时睫毛挂的泪花。

大雪刚来，土地原本没有冻透，还在呼吸，为草暖脚，往它们脸上吹气。那么雪一融化，就像在游戏中你把一个藏着许多孩子的被单突然掀开，它们笑着喧哗而出。大摇大摆地走在屋檐下面，砖垛旁和高尚的草坪上。

原来，我一直感受到草的谦卑。草在此刻却傲慢而美丽，像身上挂着许多珠宝跳舞的康巴汉子。

最主要的——我觉得草们，至少是我家屋檐下的草——像我一样愚蠢，它们以为春天来了。它们仪态的娇羞与庸倦，和春天时分一模一样。我指着手上的日历表告诉它们，有没有搞错，还没到12月，怎么会是春天？草，要不怎么说它们是草呢，根本不理我，以为春天到了。

你听到河水的声音了吗？

你看到大雁的身影了吗？

我还是很感动。我觉得我对自己的生命的看法没有像草那样珍惜与天真。能活就活，每天或者说每个小时都旺盛着。死根本不会是生的敌人。那几天，沈阳真是美丽极了，在未化的白雪之间，一丛丛草叶像水洼一样捧着鲜绿。而我，骑自行车吹着口哨检阅了所有的草，穿行在它们的梦境里面。

眺望冰河

在冰河上走，像走在一条蜿蜒无际的哈达上。透明的、浅绿的、檀黑的冰带在正午阳光的照耀下，化成白茫茫的光带，晃得旅人把眼眯起来。

冰河是一条不大的河，名“金英河”。两岸的柳树和榆树已被伐光。树林原是伯劳、黄雀和朱旦红这些鸟儿的故里，现今河岸堆积着建楼房而掘出的沙堆和水泥管子。

正月出奇的暖和，冰河的表面融化了一层。若贴着河面眺望，水汽袅袅升腾，对岸的景物在白雾里扭动变形。在冰河的最薄处，结冰不过一指，看得出下面汩汩的黑而透明的河水。用鸡蛋大的河卵石抛去砸冰，凿成小孔，河水冒出一巴掌高。用更大的石块砸，冰面片片坍塌，碎碴漂在水面上互相撞击。顺着这条薄冰的水流走，得知这股水由城市的下水道井流出，因此不冻。而河本身沉默坚固地冻着，在一个悬瀑式坎儿处，看出冰层冻了 1 米多厚，像洁白光滑的钟乳石。把岩石似的冰凿下来盖房子，想必整个冬天也不会滩化。

冰河两岸是好看的沙坂，柔软浮光的沙粒已被北国的劲风吹得无踪影了。这儿的沙坂是坚固的，被风刮出松柏的纹理，如一波水纹凝固。从沙纹伸展观察，风吹的方向一律由西北而来。

岸上的洼地倒伏着金黄的衰草，它们干透了，碰一下生响。我拿出火柴做一个烧荒的游戏。在明亮的阳光下，火焰似乎透明无色，其边缘在风势中挣扎扑腾。火像早就饥饿于草了，一瞬，草叶消失变黑。在火势大的时候，见出红与黑的密不可分，红的火一舔，一切都黑了。燃烧原是一幕高雅的典礼。

雪白的冰河曲折来去，虽然是凝固的，但河岸曲线依然，还保留着奔流的样子。

冰河并不惧惮阳光，它只浅浅地融化了表面的一层，仿佛给太阳一点承诺。内里依然冻得坚实，人行走不妨，拖拉机开过也不妨。

无限水

喜多郎音乐《气》里边的一节，名《无限水》。什么是无限水？水即无限。

水无处不见，无限延伸。北京在北京里面，故乡人在故乡，贡嘎雪山在贡嘎雪山那搭儿。而水，此处有它清亮的面孔和柔软的手，坐飞机到远方，如昆明，一开龙头，它又出现，一模一样，比你来得还快。

水无二致。山有山相，或峥或嵘，而天下的水是一个娘的孩子，没有昆仲之别。水系宽大，不分种族地域，水不自外于自己的兄弟。

水跟水亲。水一生急急忙忙，为了寻找同道，什么都挡不住水找水的真切。万丈高崖，一跃而下；大山挡路，蜿曲穿行。水何流？它们母寻子，兄找弟，妹呼姊，儿投父。水什么时候不流，什么时候安静？它们聚流成湖，汇为大江之后，才以从容的步履缓入海洋。路上，鲜花绿草都不会让水停下脚步，不管遇到多么好的风景。水只想着走，行至天涯也把散居的弟兄拽进怀抱。

水流无情。情者何？放下抱负去做另一个我，改弦更张。眼前之情道不得，不许人走，只让人留。水亦潋滟，也会温柔，但决不停留。滔天浪做给天看，决地河让道改变。水若生情，盘桓延宕，早就干涸。

水包容。水不捐细流，水不拒污浊，水甘低下，水至柔至刚，水不重复常形常态，水运动，水映射星月，水漂木沉石，水饱人饮禾，水寓身万物之中，水风光，水袒裸，水施恩于任何生命，水存于方器则方圆器则圆，水遁形为气为雪为冰，水不可制造，水温张力为摄氏100度，水随处可见，水从天而降，水自地而出，水不悬空，水无眼耳鼻舌身意香味触法，水无首尾，水不回头……

水无限。

水既“是”又“不是”，身有人人得而见之最平凡的神奇，水从不透露自己的秘密。在泉边，只见水流，对其余，人们一概不知。

海伦·凯勒说：“水在我手上写满了‘水’字，不用别人教我也知道，这是何等巨大的喜悦……

西，或八点钟方向

养胡沟的溪水纯得有如空气，石子枚枚可见。这么干净的水，别说喝，输入血管也心安。

坐在水边巨如龟背的石上，浓荫笼罩，四野无声。随手拣一粒石子掷水，一群蝌蚪笔直逃逸。

此景令人着迷。蝌蚪各个朝一个方向飞游，东南、正北或西，必定有一个蝌蚪喊号：西！用飞行员的术语，叫“八点钟方向”。但蝌蚪的口号一定简洁，石子才入水，口号已响起，不然它们怎么会箭一般朝同一方向脱弦而出？这情景很优美，小蝌蚪的尾巴像奔马那样拉直。你也可以想象这是群鲸的冲锋。

动物昆虫们传递信息的方式永远是谜。譬如我们认为蚂蚁勤劳到不可理喻的程度，其实它只是一个虚无的载体。它用下颚储存、接受和传播同类的信息，如下树。

观蚂蚁走，它两三步便停，如与同伴晤谈；仰面击掌，像中国女排打了一个好球，实则交换下颚的信息。

兴凯湖的孩子

兴凯湖在东北的东北，光在地图上看都感到遥远。那里的土地和森林无边无际，正像湖水无边无际。他们说，湖的对岸是俄罗斯。我倒觉得对岸有可能是月球与火星。这里遥远荒凉。

在遥远之地能发现小孩是愉快的事。小孩在这么远的地方说着纯正的中国话、跳绳、唱歌，让人觉着不遥远了。这里是渔场的招待所，起初我们没注意小孩的存在。后来发觉，孩子为找我们聚集而来。她们全是女孩，年龄越大越羞涩。最大的约十四五岁，这年龄在农村已经开始羞涩。女孩揣着自己的日记本和画找我们交流。我们不知道有这么一项任务，在招待所的荒地里找花，找一些奇异的植物。邹静之找到一棵一人多高的大草，扛在肩上，嘴里说“国王”之类的话，在草地大步走。小孩尖声高唱着最时兴的歌，如范晓萱。我们没注意到这一点，小孩变换花样唱更多的歌。

静之发现了唱歌的孩子，他对所有歌声都注意。我们走过去，小孩不唱了。大女孩用眼睛瞪唱歌的小孩，好像是她惹的祸。

静之眯着眼睛笑——他不眯眼睛不会笑，说：唱得多好。

这孩子（六七岁）开始跳一种奇怪的舞蹈——可能是皮筋舞，但没皮筋，显得怪一些。

她边跳边说：我们家有大冰箱！

我们很惊讶。

她说：我们家有 VCD。

大女孩怜悯地看着这孩子，觉得她显摆。她其实在表达快乐。我们理应赞许，但说“你家有冰箱真好”有点不像话，便默默听。她突然停止舞蹈，问我：你家有冰箱吗？

我恍惚间忘了有没有冰箱，想想，说有。

她不满地瞪了我一眼。

另一个明亮眼睛的女孩小声问：你们有从北京来的吗？

有！有！我们终于隆重推出了静之。

孩子们把目光全部投向静之。静之有点不好意思，把葵扇似的大草放在地上，不知做什么。说“嗨，大家好！”有点不妥当；说：“兴凯湖的朋友，你们好吗？”更不妥当。静之一再笑着。

一个大女孩满怀希望又不安地把一个本子递给静之。我们看，里面是她画的画。这孩子说：“我的理想是考美术学院。”这些画多是描摹商标，画得很用心。

还有一个孩子，最扭捏，是年龄最大的女孩，也递来一个本子。她几乎用全身力气才说出一句话：“我喜欢文学”。本子上抄着别人的诗和格言。

我们认真地看了孩子们的作品。年龄小的孩子急切地想知道这伙人对她俩的评价，孩子们无疑崇拜这两个有才华的姐姐。我们说好，静之和李琦也说好。说过，孩子们像小鸟一样向四面八方飞走了。

静之坐在台阶上不言语。我问：怎么啦？

静之说：在这里找不到好的美术教师，她那画越画离美院越远了。

静之不说话，看着森林的树尖。风从俄罗斯吹来，带着湖水的腥味。半晌，静之说：她们不爱好文艺，也能活得幸福。

我说，她们想从这儿走出去，走到人口稠密的城里。

静之不搭腔，他可能在想自己的女儿。他女儿也在画画。

雪不是一天化的。春节过后，雪有步骤地减少。大街的、马路牙子掖着的、树坑里的雪如按计划撤退的士兵，一块块消失，空气湿润。西墙和北墙角的雪比煤还黑，用铁锹掏一下，才见白心。环卫工把雪掏出撒在大街上，像撒盐。我忽然想起，冬天一直有雪，地面被雪覆盖了两个多月，麻雀到哪里觅食呢？

我从不清楚城里的麻雀靠吃什么活着，草和草籽被雪覆盖了，它们吃什么呢？飞行消耗的热量比行走更大，没看到哪一只麻雀在天空像慢镜头一样飞，也没看哪只麻雀饿得一头栽下来。实话说，鸟栽下来，人也注意不到。

麻雀一定掌握好多秘密，比如在大型超市的门前，有儿童洒落的面包屑，或者它们熟知沈阳市皇姑区有多少卖粮食的门市。鸟们了解鸟的秘密。人不妨养成这样一个习惯，在外衣兜儿扎个小眼，临出门抓一把小米放兜里，边走边洒。大街上——即使是雪地——隐隐约约看得到莹黄的小米粒。商店门口，这位白发西装的男人走过，身后有一点小米；那个烫发时髦的女人走过，小米落在脚印上。

雪化了，我看天空的麻雀越来越少，属实说连一只麻雀都没看到。我希望立刻有人纠正我，说麻雀数量并没少，它们飞到了乡村的田野。天道厚朴，给一虫一鸟留出了生路。

都说人乃万物之灵，灵在哪儿？人会造火箭，会给心脏搭桥，会作曲，这一类机巧的事情是万物之灵的例子，可火箭与曲都不是我们造的，是别人。搭桥也是别人搭的。应当说——极少的人是万物之灵，多数人像泥土一样平凡。如果人真的那么灵，能不知道大雪遍地，麻雀是怎样活下来的吗？

人不知道的事太多了。据说月亮圆的时候释放了许多能量，人却察觉不到。惊蛰这一天，小虫身体像被引爆了一样，腾地翻过身，人也没察觉。冬至与夏至这两天，是天地的大事情，人跟没事一样。人觉得股市楼市才是大事。

巴赫的音乐里藏有多少秘密？我们感觉得到却说不出。耳听旋律与织体环环相扣如流水一般流走了，啥也没听出来。我读巴赫的乐谱，想找一些蛛丝马迹，找不出来。听，它们是铜墙铁壁，听不出头绪。巴赫的音乐像DNA的图谱一样严密。我甚至怀疑世上是否有过约翰·塞巴斯蒂安·巴赫这个人。如果没这个人，这些音乐是从哪儿来的呢？他的《帕蒂塔》（德国组曲）、他的小提琴与人声的奏鸣曲是从哪儿来的？巴赫的后人今天在哪里？能跟他们合影留念吗？这里面的秘密比麻雀在雪天觅食还复杂。

早春的雪化了，水淌进树坑，夜里又结冰。树坑里的冰片不透明，像宣纸一样白。结着气泡的圆，一踩就破了。冰比煎饼还薄，在早春。

春天伊始，土地暴露了不知多少秘密，每株草冒芽都泄露了一个秘密。老榆树像炭那么黑，身上结碗大的疙瘩。它们头顶飘着轻软的细枝，像秃子显摆刚长出的头发，这是柳树的秘密。人坐在墙边晒太阳，突然见到一只甲虫往树上爬，真吓人一跳。在花没开、树没绿的早春，它是从哪里来的？冬天里没这个甲虫，春天还没到。会不会有人从海南捉来这只虫，装进口袋，坐飞机飞回东北，偷偷放在这棵树上呢？

雪里的火

我上小学就赶上“文革”，学校没课上，和家属院的孩子一起闲逛。我和一个外号叫“大果子”的关系好，他长我五六岁，是中学生。大果子怀抱一般人连想都不敢想的理想——当海员和地质队员，并为此准备。夜晚，他慢慢伸出大拇指，眯一只眼测量星辰离他眼睛的距离，“三光年”，说完撇撇嘴。

四月的一天傍晚，大果子领我到水文站院里一条旧船上。船置红松垛上，不知什么人抬上去的。大果子摘下棉帽子，头发升腾汗雾，一看即知将要披露高妙计划。

“想抓特务不？”

抓特务是我们最为憧憬之事。电影里的美蒋特务爱说蠢话，体格差，太好抓了。抓一个特务能成英雄，能让人抬着进北京见毛主席，能入伍，能站高台子上对人讲话。

“想啊！”

“好！”大果子从鼓鼓囊囊的书包里掏出麻绳（绑特务用），一个木头手榴弹，一本“三大纪律八项注意”小册子，抹布（塞特务嘴用），火柴，拟与特务肉搏的两只折叠铅笔刀。

可是特务呢?

“北河套。”他说。北河套在英金河北岸。我一想，树林沙地，空旷无人，正是特务喜欢的地方，行，我们开拔了。

前边说过，已到了四月，远望柳树，团团鹅黄，野菜比青草先绿，河冰黑而暗，酥了。我们顾不上看景，集中精力找特务。大果子说：“别往远看，注意地面的脚印。”地上有兔子屎和乌鸦尸体，没有我们盼望的特务吸剩的烟头和带“USA”的罐头盒。这时起风，风在林里打了几个旋，带来雪。雪从树梢“唰唰”落下，越来越密，扑在脸上，睁不开眼。

开头，我们觉得遇雪是意外收获，在雪地踩脚印、打滚儿。后来，雪在风的挟裹下横扫而来，让人站不住脚。可怕的是风声，似鬼合唱，多声部悲怆不绝。大果子抱住一棵粗树，我抱住他的腰，稍避风，亦防被吹走。

雪埋住了脚脖子，渐至膝盖。大果子虽读过许多做海员与地质队员的书，也不知怎么办好。他磕着牙说：“这不是办、办法。走！”

可是找不到回家的路。我们用绑特务的绳子系两人腰上，扑通扑通逃离树林，见一片开阔地，风雪更大了。我一脚踏空，掉进河里。冰碎，水过鞋。大果子拽绳使我爬上岸，又回林里。

大果子愤然把绳子解掉扔下，说：“好在、在，河不深、深。”我想附和几句，已说不出话。大果子——要说他真挺了不起——这时筑了1米高的雪墙，背北朝南，避风。当时手冻得从袖子里都抽不出来，他竟筑了一面墙。坐下，他先给我脱鞋。鞋袜与脚冻上了，一扯如撕皮肉，钻心疼。“疼也要脱、脱……”大果子帮我脱鞋袜，用雪搓脚，然后搓手。其痛苦如心尖疼，想哭使不上劲儿。

之后，大果子给自己搓手脚，然后做俯卧撑、仰卧起坐。头顶枯枝“咔咔”断折落下。

我渐无思想意识，觉得很安逸。眼前时不时冒出一堆篝火，火苗袅娜，冉冉飘扬。现在知道，这是人冻死前的幻觉。冻死和其他死之不同是伴有精神错乱。

“灯！那有房子！”大果子嘶哑喊叫，拽我走，但我如此安逸，根本不想动，被他拽起扛在背上。

夜色里，不远处有孤屋轮廓，窗透微光。怎么会冒出一间房呢？刚才好像还没有。大果子背着我，从雪地抽出一条腿，踏入一条腿，五十米的路程走了很长时间。进屋后，他淌一脖子汗。

屋里有一面炕，炕上坐个叼烟袋的老头儿。我们一人吃了两个烤马铃薯，在热炕头上昏昏噩噩入睡。半夜醒一次，我看老头儿在火盆前给我们烤衣服。

过了几年，我想起这事儿，问大果子：“那老头儿是干嘛的？”大果子想了半天，说：“他会不会是特务呢？”一个老头儿孤零零地在河边住，什么意思？大果子心里老想着特务。抓获特务，可入红卫兵。他家庭成分是地主，被红卫兵组织拒之门外，我也同样。

到今天，我有雪浴的习惯。用雪在身上搓一搓，活血灭菌长精神。雪浴时穿厚袜子，戴手套，回屋再用冷水冲一遍，直至身暖。

阳光金币

太阳雨的景象委实珍贵。在灿烂的阳光下，雨挥霍地下着，像有人站在楼顶洒下大把的金币。

放学的孩子赶紧跑回家，取伞，在这美妙的亮雨里扭着小屁股走。

我想起一句唱词："赌场里下起金币的雨"——出自田中角荣传记，他在聚餐会上因为唱这句日本戏文受到攻击。此书是我小时候看的，竟还记得。

雨唤醒了记忆。

屋里放着 EAGLES 的"加州旅馆"，吉他在劲手之下弹得落花流水，为雨伴奏。法国的让·艾飞尔画过许多关于雨的漫画，所谓雨就是上帝在天上拧床单的水，上帝为梦中的小天使把尿。太阳雨大约属于后者，因为它很快就停止了。即使是天使，也没有过多的尿。而上帝为天使把尿的时候，竟忘记了拽云彩过来遮住太阳。

雨滴耐心地穿过深秋

雨滴耐心地穿过深秋。

雨滴从红瓦的阶梯慢慢滴下来，落在美人蕉的叶子上，流入开累了的花心里，汇成一眼泉。

雨滴跳在石板上，分身无数，为寂静留下一声“啪”。

雨滴比时钟更有耐心，尽管没发条，走步的声音比钟表的针更温柔，在屋檐下、窗台上，在被雨水冲激出水洞的青砖上留下水音的脚步声。时间在雨滴里没有表针，只有嘀哒。清脆的声音之间，时间被雨滴融化了一小节。被融化的时间永远不能复原，就像雨滴不能转过身回到天空。

秋天盛满繁华之后的空旷，秋天被收走的不光是庄稼和草，山瘦了，大地减肥，空中的大雁日见稀少。

说秋月丰收，这仅仅是人的丰收，大地空旷了，像送行人散尽的车站月台。

让秋天显出空旷还由于天际辽远，飞鸟就算成万只飞过也不会拥挤。云彩在秋天明显减少，比庄稼少得还快，仿佛说，云和草木稼穑配套而来，一朵云看守一处山坡。庄稼进场，青草转黄，云也歇息去了。你看秋空飘着些小片的云，像鱼的肋条，它们是云国的儿童。

浓云的队伍开到海的天边对峙波涛，波涛如山危立，是一座座青玉的悬崖，顷刻倒塌，复现峥嵘。

雨滴是天空最小的信使，它的信是昼夜不息的滴水之音。在人听到雨滴的单调时，其实每一声都不一样。雨滴的重量不一样，风的吹拂不一样，落地声音也不同。雨滴落在鸡冠花上，像落在金丝绒上哑默无声。雨滴落在电线上，穿成白项链，排队跳下地面。

秋雨清洗忙了一年的大地。大地奉献了自己的所有之后，没给自己留一棵庄稼。春雨是禾苗喝的水，夏雨是果实喝的水，秋天是大地喝的水。土壤喝得很慢，所以秋雨缠绵。人困惑秋天为何下雨，这是狭隘的想法。天不光照料人，还要照料大地与河流。古人造字，最早把天写作“一”，它是广大、无法形容的一片天际；尔后造出两腿迈进的“人”字。把天的意思放在“人”字肩上曰“大”，而“大”之上的无限之“一”，变成现在的“天”字。天在人与大之上，要管好多事。

天没仓库，不存什物或私房钱。天之所有无非是风雨雷电，是云彩，是每天都路过的客人——飞鸟。天无偏私，要风给风，要雨给雨。风转了一圈又回到空中，雨入大地江河，蒸发为云，步回天庭。这就像老百姓说的，钱啊，越花越有。像慈悲人把自己的好东西送给别人，别人回报他更好的东西。

深秋的雨，不再有青草和花的味道，也没有玉米胡子和青蛙噪鸣的气息。秋雨明净，尽管有一点冷。雨落进河流，河床丰满了一些。河流飘过枫叶的火焰，飘过大雁的身影。天空的大雁，脖子比人们看到的还要长，攥着脚蹼，翅膀拍打云彩，往南方飞去。河流在秋天忘记了波浪。

雨滴是透明的甲虫，从天空与屋檐爬向白露的、立秋的、寒露的大地，它们钻进大地的怀抱，一起过冬。

扎西德勒、一二三四、茄子！

车距离青海湖五十多公里的路上，青海湖已经像一条折叠的无限长的蓝缎子被垛在蓝天下面，比天的色泽青翠，如玉色。车在公路上疾驰，离湖近了，蓝缎子被越垛越厚。忽然想起环青海湖国际自行车赛的选手们，他们环湖骑行四百多公里。说起来，一个人环青海湖骑行一圈儿，这辈子也没白过。

离湖近，车上不断有人提这样的问题：青海湖不是湖吗？为什么叫海？当地人回答，当年（亿万斯年之年）这里是海，后来海水退了，露出了北京、伦敦等地，但青海湖没有退（就像有乘客拒不登机一样），于是叫海。

这一种回答倒也算回答，但纯属猜臆。不光青海湖的名字里有海，青海省也叫海，这是蒙古人留下的名字。蒙古人把大湖称之为海——达赉。看一看地图，内蒙古、青海、新疆有很多地方叫达赉诺尔（诺尔是湖）、达里诺尔等等，那里必有一个湖。把湖叫海一点不奇怪，北京的什刹海、中海、南海和北海的海都是元朝留下的地名，而不是没有退去的海水。

青达赉湖近在眼前。眼下九月，日丽风和，湖水以小小的涟漪拍打陆地，连浪花都看不到。蓝天空荡荡的，连一根鸟的羽毛都没有，鸟儿上南方了。

我们看到的青海湖就是这样——它虽然浩瀚无边，而我们下车走一条路，在大约一百米宽的湖畔活动。活动的全部内容仅仅是照相。不照相，蹲在湖边托腮沉思固然美，但没什么道理。藏民拉牦牛的鼻环，让它靠岸；游客骑上去，主人再斥它后退两步回水里，照相。四头牦牛的表情均天真倔犟，它们对人这种骑上去退两步照相的行为不理解，说气愤也行。为了鼻子的安全，它们只好进进退退。这时跑过来一对藏族小孩，一男一女，五六岁，脸蛋红得像用盐渍过一样。这对金童玉女的小藏袍鲜艳夺目，女孩子头梳麦秸那么粗的一百多根小辫子。他们俩要求游客送他们一些钱，或者收一块钱跟游客合影。游客们蹲下来跟这两位可爱的小朋友照相，他们噘着小嘴对照相机大喊：扎西德勒、一二三四、茄子。这十个字说出来，足够按快门的时间。

在景区吃饭，我到餐馆的后院溜达。一只羊拴在水泥板的钢筋上，身上的绒毛弯曲细密，长一对锋利的羊角。羊小巧的蹄子踱来踱去，泥土上紫色的血渍已经深浸入地。它抬头往树上看。这块两米见方的泥土上，可能渗进了一百多只羊的血。我远远地看这只羊，它也许一小时后就被宰杀了，没人能见到它。这只羊的眼睛是蓝灰色的，脖颈和臀部有两抹棕黄。它立起耳朵听，树上鸟叫。我顺羊的视线看去，栗子树上有两只麻雀跳闹。它们不知道，有一只羊正用温柔的眼神看着它们。

珠宝

我认为在雨后的桑园里走，会拣到珠宝。

雨后的土地多么干净。新鲜的黄土在雨水下渗的引力下，更紧密平整。白沙汇在一起，形成边缘性的弧圈。仔细看，在白沙的边缘，还有一线黑砂。

而逆光的树叶更加葱茏，它有意无意地轻飏，甩下叶面上滚圆的雨水。这时，地面上的小石子特别醒目，雨水把它们变新鲜了。黑石子显着珍贵，黄的有一股陶的味道。而小小的玻璃碎片，远远射来刺眼的光芒，一闪即逝，像鱼雷快艇上开探照灯的水手。近看，“玻璃碎片”有时只是一颗水珠。

养蜂人

当城里人为夏夜的溽热辗转反侧时，养蜂人早在星月之下的窝棚里盖着被子入睡了。风把露水的凉气收入山谷，三伏之夜，凉可砭骨。在城里所谓桑拿天的早晨，养蜂人于黎明仍然披一件薄棉袄。人多的地方发热的是人，人少的地方清凉来自草木。

早晨的白雾退去，茂密的苜蓿草里露出蜂箱的队列，褐色的木头被露水打湿。蜜蜂等待阳光照亮山野之后才飞出箱子，露水打湿了花蕊，蜜蜂下不了脚。露水干了，太阳把花晒出了蜜香。

养蜂人戴着网眼护帘的斗笠，开始放蜂、取蜜、换蜂蜡，蜜蜂成团飞在空中。齐白石画蜂以清水晕染蜂翅，每每说“纸上有声”。对蜜蜂小小的体积而言，它发出的噪声相当大，跟小电风扇差不多。嗡嗡之声和柯萨科夫－李姆斯基的《野蜂飞舞》并无二致，野蜂的翅鸣更大。

养蜂人穿的衣服并不比麦田稻草人身上的衣服更讲究，比草木的颜色都暗淡。在山野里，劳动者比草木谦逊。山野是草木的家，人只是路过者。没人比养蜂人更沉默，语言所包含的精致、激昂、伪诈、幽默、恶毒和优美在养蜂人这都没有了，语言仅仅是他思考的工具，话都让蜜蜂的翅膀给说完了。

养蜂人从河里汲水，在煤油炉上煮挂面，没电视。我一直想知道十年不看电视的人是什么样子，他们的心智澄明。电视里面即使是最庄重、最刻意典雅的节目，也是造作的产物。电视对一切都在模拟，不仅新闻在模拟，连真诚也是模拟和练习的产物。而养蜂人一生都围着蜂转，心中只想着一个字：蜜。

天天想蜜的人生活很苦。他们被露水打湿裤脚，在山野度过幽居的一生。他们知道月上东山的模样，见过狼和狐狸的脚印，扎破了手指用土止血，脚丫缝里全是泥土。他们熟悉荞麦地的白花，熟悉枣树的花，熟悉青草和玉米高粱的味道。他们身旁都有一条忠诚的老狗；他们把一本字小页厚的武侠书连看好几年；他们赚的钱从邮局飞回老家；他们不懂流行中的一切时尚；他们用清风洗面，用阳光和月色交替护理皮肤；他们一辈子心里都安静；他们所做的一切是换来蜜蜂酿的、对人类健康有益的蜂蜜。

媒体说，几乎所有的蜂蜜都是假的，用白糖和陈大米加化学添加剂熬制而成。

可是蜜呢？蜜去了哪里？没人回答这个问题。

不要跟春天说话

春天忙。如果不算秋天，春天比另两个季节忙多了。以旅行譬喻，秋天是归来收拾东西的忙，春天是出发前的忙，不一样。所以，不要跟春天说话。

蚂蚁醒过来，看秋叶被打扫干净，枯草的地盘被新生的幼芽占领，才知道自己这一觉睡得太长了。蚂蚁奔跑，检阅家园。去年秋天所做的记号全没了，蚯蚓松过的地面，使蚂蚁认为发生了地震。打理这么一片田园，还要花费一年的光景，所以，不要跟蚂蚁说话。

燕子斜飞。它不想直飞，免得有人说它像麻雀。燕子口衔春泥，在裂口的檩木的檐下筑巢，划破冬日的蛛网。燕子忙，哪儿有农人插秧，哪儿就有燕子的身影。它喜欢看秧苗排队，像田字格本。衔泥的燕子，从不弄脏洁白的胸衣。在新巢筑好之前，不要跟燕子说话。

如果没有风，春天算不上什么春天。风把柳条摇醒，一直摇出鹅黄。风把冰的装甲吹酥，看一看冰下面的鱼是否还活着。风敲打树的门窗，催它们上工。风把积雪融化的消息告诉耕地：该长庄稼了。别对风说：“嗨！”也别劝它休息。春风休息，春天就结束了。所以，不要跟春风说话。

雨是春天的战略预备队。在春天的战区，风打前阵，就像空军做第一轮攻势一样，摧枯拉朽，瓦解冬天的军心。雨水的地面部队紧接着赶到，它们整齐广大，占领并搜索每一个角落，全部清洗一遍，让泥土换上绿色的春装。不要跟它们讲话，春雨军纪严明。

草是春天的第一批移民。它们是老百姓，拖儿拉女，自由散漫。草随便找个地方安家，有些草跑到老房子屋顶，以及柏油路裂缝的地方。草不管这个，把旗先竖起来再说。阳光充足的日子，草晾晒衣衫被褥，弄得乱七八糟。古人近视，说“草色遥看近却无”。哪里无？沟沟壑壑，连电线杆子脚下都有草的族群。人见春草生芽，舒一口气，道：春天来了！还有古人作诗：“溪上谁家掩竹扉，鸟啼浑似惜春晖。”（戴叔伦《过柳溪道院》）“渭北春天树，江东日暮云。”（杜甫《春日忆李白》）春晖与春树都比不过草的春意鲜明，它们缝春天的衣衫，不要跟忙碌的缝衣匠说话。

“管仲上车曰：‘嗟兹乎！吾不能以春风风人，吾不能夏雨雨人，吾穷必矣’”。（《说苑·贵德》）没有谁比春天更厉害，管仲伤感过甚。看春天如看大戏，急弦繁管，万物萌生。在春天，说话的主角只有春天自己，我们只做个看官。

过青龙桥

青龙桥车站位于燕山长城的豁谷之间。如果说长城是龙，在青龙桥看长城，不如说此处的山是龙。山的这边那边就是塞外与中原。山势起伏如痛苦挣脱，像把脚踝磨出白骨来淌着血水的大锁链。长城修在这样的山上令人惊心动魄，或者说只有这样的山上才应修长城。修了长城，就像天神一鞭子抽到北方的脊背上，这疼痛永不消失。静下心看青龙桥的长城，在仿佛连山羊都攀越不过的山上怎么能修出这样高峻的城墙呢?

旅客在换车头的时候下车倘徉，月台边上堆着一垛垛方正的青石条。这时，天上飘下小清雪。在苍凉雄峻的群山城堞之间，小清雪们极其羞怯，落在地上蹑手蹑脚，仿佛怕惊动了什么人。然而，犹犹疑疑的小清雪还是结成疏松的白网，洒在地上，毛绒绒的。有的雪花化了，也只是湿了那么一小点的地方。

这里面确实有一些不寻常了。上车往前走，我才知道不寻常之处在哪里。

那是在山坳中，有两株杏花开了，一红一白，我大为惊奇。在北方，杏花不同南方的梅花，与雪绝不同一时令开放。雪中看杏花，令人说不出话来。杏树只有人的肩膀那么高，是灌木似的山杏树，枝桠横逸。杏花只有十几朵吧。温婉的清雪在树干上融化了，树干变成湿润的深黑色，而仰着脸的杏花显出娇贵。这都是列车掠过那一瞬的印象。

在这雄浑的流了几百年的血的山里，仿佛应有锋镝过耳，马蹄把石块踏出火星。让苍凉的胡笳声飘在俯身而死的战士们的脊背上久久不散。在这里看到清雪中的杏花，令人触目惊心。

再次停车的时候，窗边的石壁已变为干燥的土崖。这是一个忘了名字的小站，土坡上露出新鲜的黄土，那是庄稼人用马车拉走填猪圈积肥用的。在没被挖走的土坡上，长着一片片寸把长枯干的小草。草色黄得如油画一般典雅，毛绒绒的。有一块草被野火烧了有磨盘大的地方，野火熄灭处一圈锯齿似的焦黑。似欲进欲退，那黑色非常触目。

初秋

初秋看不到卷成一根针一样的青草心，看不到树叶像抹了一层油似的新绿。初秋是老天用很大的力量转变一件事，它让草叶由深绿变得微黄，叶子的水分流失了，最后薄得如一张纸。天的动作让天的色泽都变了，深蓝褪为浅蓝，宁静辽远，好像后退了 108 公里。老天所做的这件事叫“秋”，或者叫自夏而秋，这是何等盛大的典礼，让所有的植物加入秋的合唱。

看不到从水泥地的缝隙长出新草，云彩只剩下原来的十分之一，变薄了，仿佛不够絮一床新被子。那些娇嫩、浅颜色的花朵已经敛迹藏形，只剩下成片的花朵鲜艳开放，如菊花、鸡冠花和串红。土地不再松软，不似春雨之后的酥透。当土地进入初秋，有如一个男人行进中年，好比理察・基尔、周润发。他们从容了，也放慢了步伐。所谓争先恐后说的是春天，每一个时辰都冒出一个花骨朵，河水急匆匆流过，浪花四溅。春天怎么能不争？每一朵花都报春信，以为是自己招来了春天。夏天的茂盛，用“争”已经不确切，是无边的生长，每一个有生命的植物在夏天都有了一席之地。花草比房地产商对地的态度更贪婪，长满了天涯海角。

秋天，还有什么大事要忙吗？没有了。你看一眼枝上的果实，就知道“忙”已经不是秋天的语言。不必说水果，连卑微的小草都结满了草籽。鼓鼓囊囊的草籽穗头像八路军的干粮袋一般朴实，它是明年几十株青草的娘胎。

秋天慢下来，地球转到秋天也应慢一些。秋天沉重，大地多出来无数沉重的粮食，地球的辎重车行走当然要慢。地球舍不得把藤上晶莹的葡萄甩下来，宁愿转得更稳些。

初秋并不是丰收的时候，丰收是说晚秋。初秋所做的事情是定形，让一切可以称为果实的东西由不确定变得确定，由浆变成粉，由稚嫩变得坚硬。那些还没在初秋定形的东西已经定不了形了。人也如此，一个叫作“青春”的东西已经逝去了多年，双脚正往晚秋行走，此时还没沉淀、没雏形、没味道、没形态，有什么收获可言呢？

初秋明净，光线照在树枝和马路上，一样的澄澈。秋天的水比夏天更透明。早晨，秋天弥漫着来自远方的气味。这味道不知有多远，是庄稼、果树、河水和草地的混合气味，在城里也能闻得到。此味对于人，可叫作深刻或沉潜，离肤浅已经很远。如果秋天和中年还肤浅，就太那个了。好在四季一直懂这个道理。如果大地不知好歹地装嫩，会把人全吓死。初秋只是短暂的过渡色，叫作立秋和白露，而后中秋登场，所有的喜庆锣鼓都会敲响，丰厚盛大。

面包的天堂

麦子，像海涛一样翻滚的麦浪凝固在面包里，被凝固的还有早晨的露水和夜晚的月光。所有面包都像哈哈大笑的胖子，如果面包不胖，谁都别想胖了。仅仅在三十年前，胖仍然是一个好词，胖子可以对向他谄媚的瘦子微笑并用鼻子出气。由此上溯三千年，历史上的胖子超不过三千个，胖比娶小老婆更让人羡慕，那时没有全球化。

面包的笑容，如同农民坐地上盘腿喝酒的表情。对麦子来说，成了面包就上了天堂。天堂并不远，需要炉子而不是梯子，谁进了天堂谁香。人的天堂有可能遥不可及。告诉一个人：你的天堂在你的善心里，在有鸟的树林和有蜜蜂折腾的花蕊里。他不信，说你是个骗子。事实上，如果在雪地迎面撞见一轮红日、月夜听到小鸟的梦呓，都算天堂的一个小片断，但人们不信。

麦子相信天堂不远。它们成为面条算是参加工作，当面片是当自由职业者，变成馅饼皮和包子皮是在黑白两道上混，当面包就进了天堂。

每个面包里都有一个天堂，类似教堂更类似于蜂巢，香味灌满楼上楼下所有的房间，圆形屋子里有面粉砌的光滑的墙壁。如果小虫钻进面包，一天啃三遍墙就饱了。

面包的香气从麦子、从炉火里来，但这只是表相。往深里说，面包的香气包含着大地的沉静，弥漫阳光所赐予的格调。这么说好像牵强点儿，其实不牵强。说阳光有气味、有味道，不如说它有格调。晒过的被子有香气，细究它不是香气，是味，它是用嗅觉来品鉴的格调，来自太阳和棉花之间，主体是阳光。面包里也有阳光的格调，源于太阳对麦子的赞许。麦子护生，天地之大德谓之生。人类对香的理解很窄，对香的表述几乎是文盲。香奈尔说她手创的 5 号香水灵感来自北欧的白夜，这种说法乃是顾左右而言他。一个人说不出东西的本质，就把它支得更远。北欧、卡萨布兰卡、丽江，均适合描述狂乱的想象。说香奈尔 5 号具有泰山的味道就不浪漫，不浪漫就没人买。泰山属于松柏加褐色大酱的香型。

面包的香味来自大地和光，来自炉火。而火的前身或者是树和煤。燃烧的煤里有光，而煤不过是树的化石。煤在地下藏了亿万斯年仍然储存着阳光，否则它起不了火。玉就不燃烧，玉乃石髓，不挨着太阳。

这就说清了面包为什么笑和大笑，为什么胖。面包看见了钻进麦子里的光和来自炉火的光，这些同学在自己身体里相遇，面包哈哈大笑。阳光遇见了阳光，真巧了。但天堂里没有巧合，巧合只发生于电视剧。天堂不遵从戏剧三一律而恪守因果律。因果的意思是因即果、果即因，循环回转、生生不息。我们在这个叫作面包的天堂里看到了阳光、雨水、土壤、夜色和火的笑容，神让它们互相转换，变成粮食，变成人的身体。实话说，每一粒粮食都是天堂。

河对岸的星群

阿荣旗境内河流多，眼前这条是阿伦河。夜色下，岸边茂密的树林像披着黑色斗蓬的巨人睡着了，阿伦河水猫腰从他们鼻子底下流过。夜色如毯子盖在河岸的草地上，盖住了不知多少野花。

早上，我来到河边的时候，草地被野花占领了。天刚亮，野花已精神抖擞站在那里，披一身露水，好像一宿没合眼，等一个盛典。太阳每天升起来都是盛典，新鲜光亮，野花知道，人不知道。花朵以细细的身子支着陈鲁豫那么大的脑袋，它们的面庞比人类肉质的脸更纯洁。花的面孔不讲五官讲瓣，三瓣、四瓣、五瓣的花脸都比肉好看，像能旋转。花的表情只有一种：笑。花朵除了在雨里哭泣之外，其余的时光都在笑，笑弯了腰。真不明白花到底在笑什么。晨光射入草地，被雾阻挡，景象朦胧。花朵从斜坡的草地上跑向河边，仿佛去梳洗。蓝的花、白的花、黄的花高出青草，凝视河面微颤的波光。河水在早上蜿蜒流远，天边的山峦不是青山，而是玫瑰山。树尖在白雾里冒一点头，如波涛里的礁石。大地苏醒了，四处沾满湿漉漉的露水。

眼下是晚上 10 点钟，阿伦河发出白天听不到的响声，似咕噜噜滚东西，又像嘻嘻哈哈偷笑。山峦和树丛被夜藏进包裹里，活动的物体只有河流。河如不流，水面嵌满星星。星星趴在水面的时候特别怕被打扰，一片被风吹落的树叶或鱼儿翻身都会拆碎星星。水流淌，星星在水里被捣成了星星酱，波浪上隐约只剩一层白光。

这时，对岸燃起篝火，火光照亮了一棵老树。它必定是榆树，鄂温克族人和满族人都崇拜榆树，老榆通灵。不一会儿，鄂温克族人围拢老榆树跳舞，歌声隐隐约约地传过来。头几天，我们在那吉镇参加广场篝火晚会，转圈跳舞的有好几百人。鄂温克族人单纯，无论老幼，都如纯洁的儿童，他们尊崇大自然，信仰舍沃克神、铁神和奥卓尔神。他们在篝火上扔一些马鹿和犴的油脂，冒出的香味会让舍沃克神高兴。萨满法师敲鼓，舍沃克神也高兴。猎人们趁舍沃克神高兴，把灰松鼠——最好是尾巴带白尖的灰松鼠皮——在火上抖几抖，神会赏赐给他们更多的松鼠。

歌声越来越大，夹杂鼓声。篝火边上跳舞的鄂温克族人的蒙古袍被火光映照得十分鲜艳。我沿着河往那边走。走了几百步，被柳树挡住路。鄂温克族人脸庞清晰，被火照成红铜色，舍沃克神看到会更高兴。河流在我眼前静止不流，也许停下脚步看歌舞，也许水深无澜。大颗的星星浮在河面，仿佛来自对岸。星星优雅地泡在水里，我替它们说：凉快、太凉快了！星群当中应该有大熊星座。鄂温克族人敬畏熊，他们管公熊叫爷爷，管母熊叫奶奶。现在，大熊星座的爷爷奶奶们在河里洗澡，鄂温克族人在篝火边上跳舞，河水一动不动，灰松鼠在树林里偷窥，把白尖尾巴藏在树叶里。

风

如果世上有一双抚爱的巨手，那必是草原上透明的风。

风是草原自由的子孙，它追随着马群、草场、炊烟和歌唱的女人。在塞上，风的强劲会让初来的人惊讶。倘若你坐在车里，透过玻璃窗，会看到低伏的绿草像千万条闪光的蛇在爬行，仿佛拥向一处渴饮的岸。这是风，然而蓝天明净无尘，阳光仍然直射下来，所有的云都在天边午睡。这是一场感受不到的哗变。在风中，草叶笔直地向前冲去，你感到它们会像暴躁的油画家的笔触，一笔一笔，毫不犹疑，绿的边缘带着刺眼的白光。

风就是这样抚爱着草叶。蒙古人的一切都在这些柔软的草叶的推举下变成久远的生活。没有草，就没有蒙古包、勒勒车和木碗里的里面的粮食。因此“嘎达梅林”所回环祷唱的歌词，其实只有一句话：土地。每天，土地被风无数次地丈量过，然后传到牧马人的耳边。

到了夏季，在流水一般的风里，才会看到马的俊美。马群像飞矢一样从眼前穿过时，尾鬃飘散如帜，好像系在马身的白绸黑绸。而这样的风中，竟看不到花朵摇摆，也许它们太矮了，只是微微颤着，使劲张开五片或六片的花瓣。在风里，姑娘的蒙古袍飘飘翻飞，仿佛有一只手拽她去山那边的草场。这时，会看出蒙古袍的美丽，由于风，它在苍茫的草地上抖搂亮丽。而姑娘的腰身也像在水里一般鲜明。

背手的老汉前倾着身子勉力行进，这是草原上最熟悉的身影。外人不明白在清和天气，他走得何以如同跋涉。风，透明的风吹在老汉脸上，似乎要把皱纹散开，把灰色的八撇胡子吹成小鸟的翅膀。

在这样的风里，河流仍然徐徐而流，只是水面碎了，倒映不出对岸的柳树。百灵鸟像子弹一样“嗖”地射向天空，然后直上直下与风嬉戏，接着落在草丛里歌唱。它们从来都是逆风而翔，歌声传得很远。

我羡慕那些吃饭很慢、一直吃尽碗里最后一颗饭粒的人，最后那颗饭粒，可能正是农民弯腰从地里拣起来的那颗谷粒。见到这样的人，我岂止是羡慕，简直会景仰他。

吃饭占用了人生很长的时间，虽然它够不上恢宏大气，它也真不需要恢宏大气。相反，小气和安静适合于每一顿饭。

慢慢用餐、吃干净每颗饭粒的人，身上至少有两项美德。第一是懂得感恩，感恩实在是要从敬重粮食开始。你看和尚去饭堂用餐，身上要穿戴袈裟、着正装，看上去一派庄严气象。我有幸与和尚一道吃过饭，他们手捧着饭钵，眼睛盯着钵里的饭，既用心又清净。和尚们肃然起敬的仪容，是对粮食作出的礼拜。古代真有人在吃饭前对饭食拜上几拜，以示感恩。为什么要对粮食和饭食恭敬呢？结论是：对入口的饭都不恭敬，还能恭敬谁呢？如果仅仅恭敬明星而糟蹋粮食，岂不本末倒置了吗？是粮食让你生命延续，而非明星。和尚们吃饭不说话，说话轻慢了粮食又不利于消化。科学认为，进餐说话会影响到从胃到胰腺的一系列功能。而你看和尚们专心吃饭，能体会到一样美。他们吃净饭粒用开水洗一洗碗，喝下去，那真是干净极了。以前，我见到我妈吃完炒米用茶水涮一涮喝下去，觉得愚不可及。如今知道，我那样想才愚不可及。我还没有到达他们的境界，从粮食中领悟天地馈赠之厚意。

他们身上的第二项美德是享受福气。福气在哪里？有人告诉我，福气就是手挎 LV。我问 LV 跟 VCD 是一回事吗？他回答：你是个老土。老土不一定不会享福，李白和苏轼都不洋，都是尽享天地大美的有福之人，他们都不知 LV 与百达翡丽。

福气在哪里？如果让我回答，首先回答是吃粮食。好东西生长出来而非生产出来。别不相信，你在心里算吧，粮食、柑橘、葡萄、牛奶、蜂蜜、珍珠、翡翠、鲜花都是生长出来的、上帝手里的东西。只有薯片、汽水、电视剧、口香糖这种烂东西才是生产出来的人的产品。

慢慢地享受生长出来的东西，是生命与生命相遇。每一颗粮食都有自己的滋味，越咀嚼越有味，身上充实。事实上，当粮食进入人的身体，是阳光、雨水、土地的香气和蛙鸣在你生命中循环，它不仅是碳水化合物，还是天地的能量。

人常说吸取天地之精华，天那么高，地那么厚，你如何吸取？人有可能接触到的天地精华，也只有粮食和水。天地不光生长精华，还以眼睛观人，看到不丢弃每一粒粮食的人，会生出欢喜心，赐福给他们。

起风

在树林里走，忽而起风了。这风不算弱，却明净无尘。仰面看绿意连绵的树冠，听到喀嚓的折枝声。一会儿，地上散布断枝。

被风摧折的悉是枯枝，黄褐色，像死蛇一样。但杈桠伸张，仿佛不甘心于坠弃。周围的大树那么茁壮，叶子在枝上一片片相互摩拳，在风里把低缓的呼吸声传得很远。

我感到一点悲凉，白杨树粗壮向上的躯干泛着生命的青色，枯枝卧在它的脚下，枯枝已经不能叫作树了。

风止息，在宁静中，我又想到枯枝，也许勿庸替它悲悼。它或许正在感谢于风，将其从弥留中解脱，送还地上，得到盼了许久的安然。它刚刚开始枯干那会儿，树干的汁液已经渐少，枯枝瞅着叶子片片发黄，不知何时飞旋而走。它也许就盼望回到俯瞰了许久的土地上。但枯枝必须经历萧索的整个过程，不能加快，亦不能减慢。那么，就在风不期然而来之际，这个时刻就叫作大限，也许还是一个庆典。枯枝在离开树的刹那，总要断然一响，清脆之声远远近近都听得见。这声音的脆亮，是痛苦的最后一吼，还是欢愉的意外之音，我不清楚。或许这两种情态都包含其中了。

我不清楚的事情，就不再思索了。人的毛病之一，在于喜欢设出两种结论，然后选择其一。这就导致更深的迷惑。

就在我快要走出这片树林的时候，身后又传来四面八方的簌簌之音。我回头看起伏如浪的树冠，又起风了。

墒

这时候，扛一把铁锹走进地里，一脚踩下去，“咔嚓”，锋刃切断了土地的肉。土壤若是致密的，就是活的，有血管神经，也痛。假如它们散漫飞扬，便死了，像窗台马路上的浮土，松手了。它们去世之后，可以不负责任，到处乱走。地不是这样——有生命的土，手腕扣着手腕组成的家族。把锹插入春天的地里，随着“咔嚓”，握着榆木锹杠的双手，分明感到地的战栗，一激灵。

我蹲下，捧起土。自打去年秋天分手，又一年没见了。土用湿润的宽掌和你相握，最近怎么样？一想，真是春天啦，土潮乎乎的，大地都黑黑的滋润了。地也会运气吗？抵住地心引力，把珍藏一冬天的水分提到嗓子眼儿。我把土放回去，踩实，不然一会儿水分就蒸发了。农民知道这个，最心疼地表这层水汽，这叫墒。

庄稼人对土地叩首，说您真是大德，这点水分自己舍不得用，让五谷生长。地垂下眼帘微笑，心想人怎么老不开窍呢？我让庄稼生长，也让你们认为没用的青草生长。

土地的法则是生命的法则，只要有生命，就让它活。这里无功利。

再过几天，地里会长出葱郁的禾苗和各种各样的草，没有限制和甄别。土地的宽容不止于此，它上面还活着吃草生存的牛羊。草是土地的子孙，当牛羊吃掉它的生灵，土地不心疼吗？不心疼。人类不也吃掉庄稼的种籽吗？牛羊和人类也是土地的子孙。对土地来说，被人收割的庄稼没有白白生长，没白长的理由也并非它养育了人类。

我听到了土地广阔沉缓的呼吸。

铁路的尽头

地图上，我的老家位于铁路的尽头。铁路修到这里不修了，或修不下去了，值得商榷。那时我还是少年，有一天背上军用水壶，揣干粮踏勘这件事。

赤峰在地图上是个圆圈，代表铁路的红线止于圆圈。事实却没这么简单，铁路经过车站又修了挺远。这一段在地图上不应该短于一韭菜叶。我想象的铁路尽头是这样的：它修到一座悬崖上，下面是万丈深渊，不能修了。第二种情况在平原，铁轨无端地停在某一处，边上立一牌子写道——铁路修到此处为止，年月日。最后那根枕木如同漫长的行军队伍中末尾的士兵，我觉得那根枕木一定像老兵。第三种情形是在铁路尽头立一堵墙。从这边看，铁轨好像从墙底下穿过去了，从墙那边看并没有。这都是我想象的，实际情形可能更好看。总之，铁路的尽头——富有诗意，跟蛮荒、雄壮、神秘都有一些联系。

那一天我踩着铁轨往西边走，反正也没火车了，随便走。铁路的方向对着一座山。我认为这个思路对头，铁路修进山洞里，才是它真正的归宿。火车可以在山洞里尽情歇着，像个仓库。我走了很久，大约十里地吧，铁路沿山跟圆滑地拐弯了。它为什么不钻进山里？它简直在骗人。铁路沿着山脚绕了过去，还往前修？不拉人到这里干吗来？多大的浪费啊！在地图上，它超过圆圈大约有两个韭菜叶宽了，纯属多余。我继续向前走，铁路顺地球的漫圆下坡了，一点道理都没有。走到这一处，看到野兔。一只坐不远处看我，我追将过去捕之，这只黄野兔待我靠近才跑，当然比我快。非但快，它还坏。野兔钻进一丛灌木——待我冲进去才知道是荆棘。我像落在蛛网上的小虫被刮住了，衣服撕破两个口子。荆棘丛下面是蜥蜴的家，蜥蜴跳着冲进洞里，洞的嘴像吃面条一样把它吞进去。这儿还有大片的蓝莓。全世界没人知道这里有多到令人意外的美味的蓝莓。我盘桓一遭儿，再找铁路却找不到了。这是我所遇到的一个铁路失踪事件。既然星星在天空会失踪，简陋的铁轨也有这种可能。也可能没失踪，铁路派兔子引我于歧途。我衣衫褴褛回到家中，至今也不知所谓铁路的尽头是什么样子。

煮米闻香

朋友讲一个故事。

小时候，他家穷——说穷已恭维。穷是各方物品馈乏，而他家多日缺粮，其他已不用提——饿得头昏眼花。

他脑子里整天想“吃”的事情。譬如，看到树叶撸一把嚼嚼，以果腹。天空飞过一只鸟，他生不出泰戈尔式的哲思，而在想象吃这只鸟的情景：怎样烤，细小的肋骨在牙齿间穿梭咂摸。信以为真，大口的涎水落进空荡荡的肚里，引起肠的轰鸣。鸟儿这时早已飞出几里地。

一天，他饿哭了。小孩子虽然爱哭，但人如果饿哭了，是大事，它和被打哭了、骂哭了都不一样，要死人了。两个弟弟跟着哭，甭问，饿的。这个“饿”字也怪，这边儿是食，那边儿有我，哲学家叫主体。食与主体相逢，怎么就饿了呢？造字的古人恶毒，光考虑形声，不注意社会效果。他们哭起来，他爸——一个被称作农民的专业粮食种植者——叹口气，往鞋底磕磕烟锅，背手走了；他妈把粮食口袋翻过来，在针脚缝隙找米粒，哥仨瞪大眼珠子睽视。几条米袋子倒腾一遍，妈妈挑出一把攥不住的小米，放进大锅煮。朋友说，母亲添一瓢水，又添一瓢水，两瓢水煮一把米。

水开了，屋里弥漫粮食的香味，连墙缝、炕沿下边和窗棂都飘着米的香味，那叫真香。他掀开木锅盖，大团雾气散开，见汤里的十几粒小米翻滚奔突，拿勺要盛米吃，被妈妈阻止。

妈说：孩子，先别吃，妈想让你们多闻一会儿米的香味。说完，他妈也哭了。

初听这个故事，我有点儿不相信。越想越觉出真实。想起有一年到山区农民家采访，他们因没东西招待我而局促不安。老太太欠屁股从炕席下拿出一片扑热息痛，笑着说：吃吧。这时我环顾屋内，这家啥都没有，墙角半筐土豆，是一家人的口粮。而止痛片是农民解乏、提神、战胜一切苦难，用紧缺的现金买来的奢侈品，因而也是礼品，唯有老太太享用。她递我的时候，慈祥、慷慨，至今忘不了。那会儿，我没事儿就拿出这片药看，想这件事。按国际标准，户均每日收入不足 1 美元为赤贫，即绝对贫困。这家人八天也赚不到 1 美元，而闻米香的朋友半个月的收入也不到 1 美元，8 元人民币。没饭吃，连猪、鸡都养不起。

得到止痛片的时候，是改革开放初期，我虽然已贵为记者，却比较昏庸，不清楚为什么要改革开放。后来，目睹国家的成绩，特别是民生的改善，不期然忆起止痛片和煮米闻香，觉得邓小平所说的“不改革是死路一条”是大实话，也是真理。想那些反对改革开放的人多么没良心，该发止痛片治疗一下。

朋友说，你不知道米的香味有多么香，多么纯正。观音土、榆树皮虽然也能吃，但谈不上香。现在常吃的大鱼大肉，香里有一股邪恶，酒香绮靡。小米的香味像跟你说话，像盖一床被子，香里有爱。什么香水、古龙水，香得不要脸，花香隔世，奶香太富贵了。

我被他说馋了，想抓一把米煮熟闻香。我怕我闻不到。对现今多数的孩子来说，遑论米香，甚至不知饥饿的滋味。看到当妈的百般劝孩子吃饭而孩子百般不吃，我心想，这是怎么一回事儿？天下竟有不饿之人？竟有别人不饿劝别人吃饭之人？如果他们到灾区出演这一课目，恐怕早让人给掐死了。

这里，我没把“煮米闻香”当作奇闻写下来，这不是二百年前的事，是二十多年前的事，改革开放还没有开始。眼下，国家取得巨大的成就，农村仍有 3000 万绝对贫困人口。按年人均纯收入不足 825 元人民币标准衡量，农村还有更多的人达不到这个水平。13 亿人中还有几千万残疾人和几千万文盲，多数不富裕。一些稍有积蓄的农民因为治病与孩子就学再度返贫。戴着劳力士、吃鱼翅捞饭的人在全世界都是少数，只是媒体把它放大了。

我的朋友说，现今还能想起煮米的香味，记得这个事，觉得自己内心还有一点善良，不至于轻慢穷人，不琢磨办一些超过温饱太远的没边儿的事。

行走的风景

草原上的风景并不会行走，即使秋空的云朵也不易流散——孤悬于海子一样湛蓝的天幕，远远地羞涩地打量我们这些闯入者。云的样子一如牧区的孩子。听到吉普车的马达声，这些孩子像羊粪蛋似地滚出来，三五成群聚在一起。他们远远地观察着外来人，眼睛眨也不眨。用牙咬着衣襟。

在草原上，行走的是我们乘坐的吉普车和面包车。草原上的山形水势，造就得浑然大气。眼前的一座山，在草色的金黄中漫漫矗立起来，可以驱策坐骑一口气跑上山顶。这样的山自然不崎岖，也不勉强。草原上的景物无一样在眼里看着勉强。河流像一条镀银的鞭子曲折而来，草地在秋风中苍茫而去。所谓山——其实是丘陵，只在草地的背景下起伏而已。若在黄昏，天空将暮色像铁锅一样罩在草原上。在弧圆的天边，如有火烧云，地平线上便翻腾熔流的金汁。如宁静无云，天幕则一派澄蓝，浮几粒金星，天地之交是白茫茫的光带。

在草原俯仰天地，很容易理解生活在这里的人为什么信神，为什么敬畏天地。人在此处是渺小的。在暮色中，你若发现一个牧归的人在行走，那个移动的剪影，无异于一株树、一头不关四季变化的狼或狗，或如帕斯卡尔较体面的说法——人是一棵会思想的苇草。站在草原，会感到这里的主人绝不是人，而是众生。你能够理解，蒙古族人赶着羊群漫游，人与羊那样和谐，已然融为一体。在天地威重的注视下，人仿佛不敢凌驾于其他生灵之上。外边的人还会发现，居于草原深处的蒙古族人为什么谦逊，即使高龄的老人也很卑微。在他漫长的一生中，骨子里浸透了天的辽远和地的壮阔，他只能缩紧筋骨劳作，仰仗天地活下去。最好的人生姿态莫过于谦逊，你如果仰面躺在草地上，咬着一根草茎痴望高天，这时有人走来向你皱眉瞪眼，宣布指示或发脾气，你会觉得他的举动古怪、可笑以至于软弱。这里只能顺应天地，而无法在天地的睽视之下树立所谓人的权威。因此，在草原上无法开展“文化大革命”，因为人的力量过于单薄，缺乏天安门广场那种人头攒拥，也没办法群情激奋了。克什克腾草原，任何一个嘎查（生产队）的草场都比天安门广场辽阔。在牧人的眼里，朝岚暮霭，流年丰歉，山高水低，人事悲欢，必由一只比人的手更有力的手、比人的脑更深远的脑在安排。

有关神的事迹或心迹，蒙古族人并不热心追问。不像在实证主义影响下的西方人到处探听诺亚方舟在哪里，耶稣是不是真的复活了。蒙古族人目睹了眼前的秩序，以为是大道，便默不作声了。这种顺应，使他们的人生观更近于老子的哲学。草原的景物，熔铸了蒙古族人浑和自然的个性，蒙古族人也给草原的天廓地幅贯注了懒散厚重的心思。可以说，江南园林全由勉强而来，炫耀着人的机巧，因而那里精明的人们常常恨自己不够精明。精明的结果是更多的钱或名。在草原，钱只是天地手指缝漏下的微不足道的副产品。老天爷垂爱施舍些雨水，草儿长起来，牛羊肥了，牧人就有日子过。

版权所有　侵权必究

图书在版编目（CIP）数据

草原书: 鲍尔吉·原野散文集 / 鲍尔吉·原野著
. -- 北京 : 中国民族摄影艺术出版社, 2016.11
ISBN 978-7-5122-0918-3

Ⅰ. ①草… Ⅱ. ①鲍… Ⅲ. ①散文集—中国—当代
Ⅳ. ①I267

中国版本图书馆CIP数据核字(2016)第249417号

草原书

作　者：鲍尔吉·原野
责　编：张　宇　张　璞
设　计：鲁忠泽
插　画：武晔婷
出　版：中国民族摄影艺术出版社
地　址：北京东城区和平里北街14号（100013）
发　行：010-64211754　84250639
网　址：http://www.chinamzsy.com
印　刷：北京博海升彩色印刷有限公司
开　本：32 k　142 mm × 210 mm
印　张：7.5
字　数：45千
版　次：2017年1月第1版第1次印刷
印　数：5000册
书　号：ISBN 978-7-5122-0918-3
定　价：32.00元